白虎獣人兄の優雅な外交事情

末姫は嘘吐きな獣人外交官に指名されました

百門一新

I S S H I N　M O M O K A D O

一迅社文庫アイリス

CONTENTS

ザガス・ウィルベント	イリヤス王国の人族貴族であるウィルベント公爵家の嫡男。シリウスの補佐役。自国では王都の治安部隊に所属。
ルキウス・ティグリスブレイド	ティグリスブレイド伯爵家の子息。二十六歳。シリウスの弟で学者。古代種である白虎の獣人。

・・・　用語　・・・

エドレクス王国	陸続きの国に囲まれた小国。書と学の都と謳われ、膨大な貴重文献が国内に保有されている。教育制度に優れている。
イリヤス王国	獣人族と人族が共存する大国。圧倒的な軍事力を持ち、防衛においては最強といわれている。
獣人	戦乱時代には最大戦力として貢献した種族。 人族と共存して暮らしている。祖先は獣神と言われ、人族と結婚しても獣人族の子供が生まれるくらい血が濃く強い。家系によってルーツは様々。
仮婚約者	人族でいうところの婚約者候補のこと。 獣人に《求婚痣》をつけられることによって成立。 獣人は同性でも結婚可能で、一途に相手を愛する。
求婚痣	獣人が求婚者につける求婚の印。種族や一族によってその印は異なる。求婚痣は二年から三年未満で消える。
古代種	獣人のはじまりといわれる祖先に近い種族、または一族のこと。
賢者の目	文字として書かれているあらゆる言語を翻訳できる目のこと。 赤目で遺伝性で受け継がれる。

白虎獣人兄の優雅な外交事情
末姫は嘘吐きな獣人外交官に指名されました
characters profile
シリウス・
ティグリスブレイド
イリヤス王国の獣人貴族であるティグリスブレイド伯爵家の嫡男。二十六歳。古代種である白虎の獣人。次期外交大臣とされている。
クリスティアナ・
エドレクス
エドレクス王国の末姫。二十歳。あらゆる言語を翻訳できる『賢者の目』の持ち主。活発でお転婆な姫君。

イラストレーション◆春が野かおる

白虎獣人兄の優雅な外交事情　末姫は嘘吐きな獣人外交官に指名されました

BYAKKO JYUUJIN ANI NO YUUGANA GAIKOU JIJYOU

序章　悲しき双子の兄は

――さらさらと雨が降り続けている。

この山は、よく雨が降った。

夏の前と秋先にも雨の時期がある。まるで奥地に暮らす大きな屋敷を隠すヴェールのようだと、四歳を過ぎてからシリウスは感想を抱くようになった。

細い雨が降り注ぐ中、小さな二人が山道を走っている。

五歳のシリウスは、震える双子の弟、ルキウスの手をしっかりと掴んで引っ張っていた。

どこまでも、森だ。

雨のヴェールをかぶった視界は、見渡す限りの森で――。

ここは、ティグリスブレイド伯爵家の別荘地だ。けれど社交シーズンなのに、いまだこんな山奥にこもっているのは〝隔離〟するためだ。

『この子を外に出してはいけないの！』

稲光が黒い曇天に走った時、雷のように落ちた母の悲鳴が耳の奥で蘇った。

胸が痛かった。それは、見ていた誰もが同じだっただろう。母性愛と、息子のことを思えばこそと半狂乱で泣き叫ぶさまは地獄だった。

(いけないだって?)

シリウスは雨を見上げ、鮮やかな青い獣目をくしゃりとした。

(――そんなこと、いったい誰が決めた)

二人の濡れた頭にある大きな獣の耳は、嘆く感情を表すように伏せられている。怯え、恐怖し、そして何より悲しくて。

それと同時に、シリウスは非力な自分と世界に憤った。

「僕の弟だ。僕の……同じ日に生まれた、たった一人の弟なんだっ」

シリウスは、嗚咽混じりの声を空へ放った。生まれた時から、喜びも悲しみも全て分け合ってきた。一緒にいたいだけなのに、そんなことさえもままならないのか。

「兄さん……」

同じ顔をした弟のルキウスが、優しい獣目をくしゃりとして声を震わせた。その獣耳はシリウス以上に伏せられ震えている。

信じられないだろうが、この小さな体が、大きな獣になる。

古代を生きていたと言われる孤高の獣。人を食らい、獣を食らう――おぞましい〝怪物〟に。

四歳の誕生日会で、突如ルキウスが獣化した。その力は一族で最強とされる父と叔父のコンビをも吹き飛ばすほどだった。

ルキウスには、獣化している間の記憶はない。

襲うのも暴れ狂うのも、一族のルーツである〝その獣〟の本能のせいだ。

『ルキウスは残念だが、……殺害衝動をどうにかできるまで、地下に閉じ込めよう』

それなのに父と親族達は、本日そう意見をまとめた。

シリウスは、泣きながら説得する母に対しても「やだ！」と叫ぶと、弟のルキウスの手を取って屋敷を飛び出したのだ。

「兄さん、いいんだ。僕が牢に入っていれば――」

「そんなことさせるもんか！」

か細い震える声が後ろから聞こえた瞬間、シリウスは獣耳をピッと立てそう叫んだ。

「お前は何も悪くない！」

「でも……」

「そんなこと言うなっ。お前はたった一人の、僕の弟なんだぞ！」

父達に向けての怒りのまま言葉を吐き出したシリウスは、感情任せに怒鳴り声を上げたことを後悔した。誰より傷付いているのは弟自身なのだ。

足を止めて振り返ると、同じ顔が悲しそうに見つめ返してきた。

大切な弟。シリウスはその目から、初めて涙をこぼした。

「……僕達は、たった二人の兄弟なんだ。同じ日に生まれて、同じ日に祝福を受けた。それなのに、お前だけが冷たい地下の牢屋に入れられるだなんて残酷なこと、あってたまるものか」

「でも、僕、兄さんをもう傷付けたくない」

ルキウスが大きな耳をぺたりとして、ぼろぼろと泣き出した。

「獣化した時のこと、全然覚えていないんだ。兄さんは、僕のたった一人の大切な兄さんなのに、この僕が、獣の手で父様達ごと吹き飛ばしただなんて」

「大丈夫だ。泣くな。こんなのかすり傷だ」

シリウスは、落ち着けとルキウスの目を自分へ向かせた。彩度だけが違っている青い獣目同士が、生き写しのような互いを見つめ合う。

「僕も先祖返りだと診断結果が出ていただろう。肉体は父様達よりも強い」

「でも、獣化した僕の力は、もっと強くなるって。ぼ、僕、もし、人を殺しちゃったら」

「お前は人なんて殺さない。僕がどうにかしてやる」

二人に降り注ぐ雨が、やや強まった。

「殺害衝動さえどうにかできれば、ルキウスは隠れていなくて済む。そして一緒に獣化をどうにかする方法を探すんだ。僕は誰にも負けないくらい強くなって、いい立場と権力を得て調べてやるんだ」

シリウスは、ルキウスの手をぎゅっと握った。

ようやくルキウスが涙を止め、獣耳を鏡合わせみたいに真っすぐ立てて頷(うなず)いた。

「じゃあ、僕は学者になる。なんでも調べられる学者に……自分の獣化というものを、怖いままにしたくないから」

「それでこそ僕の弟だ」

シリウスは、くしゃりと強がりで笑った。ルキウスも兄を真似て歯を見せた。

戻って両親や一族を説得しなければならない。二人は両手を取ったまま額を合わせ、祈るようにしばらくじっと目を閉じていた。

「一緒に頑張ろう、ルキウス。僕達は神様からの贈り物だって、母様も言っていた。この世で同じ顔を持った、たった二人の兄弟なんだ」

「うん、そうだね兄さん。僕も、……頑張りたいよ」

最後に震えた切なげな声に、シリウスは胸が締め付けられた。

これは、呪いだ。

優しい弟から、幸せを望む気持ちまで奪い去った。それなら取り返してやるだけだ。

「ルキウス。お前のために、僕ももっと強くなるよ」


――そして兄は伯爵家の跡取りに、そして弟は学の道を歩むことになる。

一章　遠い国からやってきたのは獣人貴族

陸続きの国の中にある、エドレクス王国。

王の城がある王都バイエンハイムで、特別な客人と贈り物の数々を乗せた馬車を、王家と国民が一緒になって歓迎した。

第三王妃の子である末姫のクリスティアナも、王の間にて父らと客人らを迎えた。

背中に流れる美しい金髪、国内では珍しいルビーの瞳をした二十歳の姫だ。

「人族貴族ウィルベント公爵家嫡男、ザガス・ウィルベント様。獣人貴族ティグリスブレイド伯爵家シリウス・ティグリスブレイド様、外交大臣補佐、次期外交大臣様のご入場！」

人族貴族、獣人貴族。

王の間に入場者を読み上げる男の声が響き渡るが、やはりクリスティアナにはどちらも聞き慣れない言い方だった。

このたびエドレクス王国と、イリヤス王国との間に正式に協定関係が成立した。

進んだ教育制度や国内技術などをぜひ視察したいと、その第一の外交として獣人貴族と人族貴族の代表がやってきたのだ。それは国内に第一報が伝えられてからずっと、王都の住民達も城の者達も心待ちにしていたことだった。

公爵家嫡男のザガス・ウィルベントは、まだあどけない十代の少年だ。しかし部隊にも所属しているとのことで、鍛えているだけあって物怖じする気配はない。

共に歩く二十代のシリウス・ティグリスブレイドは、次期外交大臣として、これまでも何十ヵ国と回った実績を示すように堂々としている。

それぞれが、今後の外交を担っていく『人族貴族』『獣人貴族』の代表だ。

(半分は獣だと言われている獣人族、か……)

クリスティアナは、たくさんの姉や兄達の末席から玉座へ向かってくる客人を眺めた。

獣人族と紹介された二十六歳のシリウスは、見た目は人だ。

けれどその目は、これまで遣わされてきた獣人族よりもずっと獣みたいだった。鮮やかな青い、獣の目。雪のように白い髪が紺碧を印象付けた。

(――宝石みたいに、綺麗な獣の目だわ)

クリスティアナは、怖い、というより初めて見る美しい獣目に圧倒された。これほどまでに獣を感じさせながら『美』を思わせる瞳は、他にないだろう。

それは彼が、息を呑むほどに美しい男なのも理由なのかもしれない。

誰もが〝孤高の気高き獣〟という印象を感じ取ったのか、彼が入場してから場の空気が変わったのをクリスティアナも肌で察していた。

イリヤス王国は、獣人族と人族が共存している超大国だ。

防衛においても最強といわれている国で、大きな災害が起こった時の救助支援での貢献も注目され、国々は支援を受ける協力国としても名を連ねることを望んだ。

『けれど彼らは、他の国のような多大な見返りも求めない』

『〝獣の人〟とはいえ実に理性的。利益よりも、人の幸せを優先し手を差し伸べる種族だ』

クリスティアナが、そう初めてその国のことを聞いたのは十五年前だ。

ここは国土も広大ではなく、軍事も他の国に比べれば弱いところが欠点だ。それなのに遠いイリヤス王国へ遣いを送ったら、使者は労(ねぎら)われ国王と直々に話す機会も賜(たまわ)り、獣人族の護衛部隊が付けられて国境まで丁重に送られたと聞く。

エドレクス王国は小さな国だが、教育体制がぐんを抜いて高い。

膨大な貴重文献と、どこよりも高い学と解析力で各国から一目置かれている。

それをイリヤス王国は『どこよりももっとも優れている』と称賛し、今回の条約が結ばれ貿易と正式な国交が叶(かな)うことになった。

(まぁ、国内ではその件に関しては問題も続いているところだけれど)

今回、国賓としてイリヤス王国から二人の代表を歓迎したのは、軍事や医療面での協力の細かな条約の確認をし成立させるためだ。

今後有益になりそうな新たな提案を出させて、イリヤス王国との繋(つな)がりを強めたいことが優先されている。そのため国内関係はしばらく力を注げないだろう。

クリスティアナとしては、父王らと〝彼ら〟の間に板挟みになっている状態なので、仲良くして欲しいなぁとはずっと思っているのだけれど――。

（母様が生きていたら、きっと同じことを思ったわよね）

同じ〝目〟を持った母を思い浮かべ、クリスティアナは密やかな息をもらす。

その時、こっそりもらした溜息に気付いたみたいに、父王の話を聞く彼の美しい獣目がこちらを見た。

外交官シリウス・ティグリスブレイドの瞳は、煌びやかな光を閉じ込めたみたいに綺麗な紺碧色だった。どこか神秘的でミステリアスな印象も受け、一瞬クリスティアナは会場の音や空気も忘れてしまった。

（彼、ずっと見ている？　いったい何かしら……）

そう違和感を抱いた時、シリウスが両陛下へ目を戻した。

「――第一の賓客として温かくお招きいただいたこと、改めて感謝いたします」

シリウスが左胸に手を当て、美しい声でそう言った。

彼が少し頭を下げる仕草に、隣に並んだ頭一個分低い十代のザガスもならう。

「こちらこそ、医療の協力体制にも感謝申し上げる。難病にも効く可能性があるという、その魔力球石という原材料で作られた薬の提供にも、改めて感謝したい。我が国の薬学発展にも努めていきたいと思う」

魔力球石、という原材料についても聞き慣れない言葉だった。

自国や近隣国のオージェウッド国の医療も、主に魔力山から採れる鉱石の中の成分を抽出して薬剤の材料にしている。人間が一から魔力で作り出す結晶、というのもクリスティアナ達には不思議だった。

「ゆとりあるスケジュールで一ヵ月ほど、我が国への滞在期間を設けている。この王都は国の教養のための礎（いしずえ）と知の宝庫。一ヵ月もあれば多くのものを見、我が国を知っていただくことができるでしょう」

「ありがとうございます、陛下」

シリウスが美麗な顔に上品な笑みを浮かべた。

「そこもとても楽しみに思っているところです。実は、個人的にも歴史や伝記、伝承に興味があり、研究してもおります」

唐突にシリウスが言い、隣にいたザガスが、おい、という顔を向けた。

「ほぉ、それはとても感心なことだ。我が国は学への探求心が強い国民性でもあります。ご存じの通り書物の宝庫として知られ、歴史や伝記、伝承も膨大に集まっていますから、ぜひ滞在の間に見て知っていただきたい。実は、そこには我が国の『賢者の目』が大きく関わっておりまして。王家では、末の娘がそうです」

国王は気を良くしたように手で示した。

王の間の全員の目が向く。視線を受け止めたクリスティアナは、ルビーの目を見開いた。

「クリスティアナ、こちらへ来なさい」

予定にないことだったので、デレかけた父の笑顔を見て呆れた。威厳が崩れてしまう前にとクリスティアナが動き出すと、進む彼女を二人の母と兄姉達が『頑張って』と柔らかな苦笑で見送る。

「ティグリスブレイド殿、こちらが末姫のクリスティアナです。この赤い目、とても美しいでしょう？　この澄んだ赤い色素は、最高級のルビーにも出せない色合いです」

「――お父様」

クリスティアナは、ぐっとこらえた声で注意する。

「ははは、失礼。娘はしっかり者で、私にも手厳しくて」

シリウス達へそう言った国王に、会場内から「また陛下は」と親しげな笑いが起こる。クリスティアナは軽く叱り付けたくなった。

「それで、賢者の目とは？」

シリウスが国王に尋ねた。

（この男、『美しい』という言葉を見事にスルーしたわね）

利益がないのなら社交辞令もなしなわけね、と兄姉の中で唯一嫁ぎ先も決まらないでいるクリスティアナは、ひねくれ心で思ってしまう。

自分は美人ではないと思っているので、余計に反感を抱いた。

(彼の笑みは営業用といった感じだし、美しすぎてどことなく胡散臭いし。お父様達の印象はいいみたいだけど、私は気を抜かないようにしよう)

関わるつもりもないのだけれど、そんなことを思って父王の隣でつんと佇む。

「『賢者の目』は、書かれているあらゆる言語を読解できる目です。我が国では彼女達が唯一の赤目で、これは遺伝性で我が亡き三番目の妃がそうでした。彼女達に文字の上では世界の壁がないのです」

世界の壁がない、というのは国内で『賢者の目』を言い表した言葉だ。

クリスティアナ自身には、すごいことだというような実感はない。文字を見ると、自分の知っている言葉となって頭の中に次々に〝流れ込んで〟くる。

だから古代語も外国語も、大好きな読書と変わらないのだ。

「――たとえば、貴重な古い書物の全てが解明されていない言語であったとしても?」

不意に、シリウスがどこか真剣さを含む声で父王に確認した。

「もちろん読めます。たとえ未知の文字だとしても、彼女達には読めてしまいます」

「なるほど、それで文字の上では『世界の壁はない』のですね」

「左様。我が国はそんな『賢者の目』を持った読解者達によって、発掘された古書も現代語に訳されているものが数多くあります。古い書物に興味があるというのなら、十分に楽しめるでしょう」

陛下はにこやかに説明を締めた。

（よし、じゃあ私はもう下がっていいわよね）

クリスティアナは、速やかに父のそばから離れようとした。

しかし次の瞬間、シリウスの方から悠々としたとんでもない提案が出た。

「『賢者の目』とは素晴らしいですね。この国を発展させたという要、実際に携わっている彼女自身からこの国のことを知りたく思います」

（えっ、嘘でしょ？）

関わらないだろうと思っていた彼女は、驚いて振り返った。にこやかに提案したシリウスの隣で、ザガスがあんぐりと口を開けて彼を見ている。

「案内役であれば、ティグリスブレイド殿とウィルベント殿のために相応しい者達をそれぞれ手配し、護衛も付けるつもりでいたのですが」

「いえ、陛下がご許可いただけるのなら滞在の間は、ぜひクリスティアナ王女殿下に色々と教えていただきたいのです。こちらのウィルベントも現役の軍人、私も戦闘種族の獣人族ですから護衛は不要です。できれば我々は、この国の自然な様子を見たいと考えています」

「しかし我が末姫のクリスティアナを案内役に、というのは……」

「それに、陛下がご自慢したのも頷けるほど彼女は美しい」

「なんですと？」

「正直に申し上げます、彼女のその赤い瞳の魅力にも惹かれたのです」

国王が渋った様子を見せた瞬間、シリウスが美麗な顔ににこやかな笑みを浮かべて、トドメの一言のようにそう告げた。

個人的にも好感を覚えた、と取られるような言葉だ。

途端に二人の妃が「あらまぁ」と喜びを滲ませ、兄王子達や姉姫達だけでなく、王の間にいる貴族達も期待するような囁きを交わし始める。

（ちょっ、今の絶対嘘でしょう⁉）

クリスティアナは慌てる。相手は超大国のイリヤス王国の貴族、そして次期外交大臣だ。もしも縁談に繋がるようであれば、国にとって利になる。

すると案の定、父王もかなり嬉しそうに頷いた。

「なんと、そうでしたか！　この子自身は自信がないようですが、母譲りの、我が家族自慢の美しい姫です。彼女は賢者の目としての活動から王政と学の両方を知っておりますし、我々でも踏み込めない有識者独占蔵書の保管場所へも出入りが可能ですから、この国の歴史も興味があるのなら最適な案内役に――」

「独占？　それは個人が本を抱え込んでいると？」

シリウスのさりげない質問に、王の間にいた者達がハッと息を呑んだ。国王が言葉を詰まらせ、一度視線を落とす。

「──実は、一部の書物については、所有する学者らが庶民貴族にかかわらず〝見せる相手を限定し選ぶことができる〟状態になっているのです」

書門と学の都、なんて言われているのに恥ずかしいことだ。

（でも……お父様は悪くないのよ）

彼が生まれる前から続いていることのため、なかなか改善は難しくあった。それが現国王で半分以上改善したのも、父王の頑張りのおかげだった。

「それでは滞在している間の案内役を、我が末姫に一任しよう」

父王がそう決定を告げ、王の間での集まりはそれで終了となった。

◆

集まった者達が解散していく中、クリスティアナは重いドレスと同じく気持ちも沈んでいきそうだった。

（なんだか面倒なことになったわね……）

政治や外交上のことに関しては当然のように省かれたが、自由時間は案内して差し上げなさいと父王と母達にも言われてしまった。

そこには、今後の外交で有利になるよう協力して欲しいという意味合いもあるのだろう。

（ということは、しばらくこちら側の私室で寝ることになるのね）

城側と後宮側に生活空間が置かれているのだが、人の目を気にせず家族でくつろげるのは後宮の方だった。

それもちょっと不服なのだが、何より案内をする相手が嫌だ。

胡散臭い感じがして苦手だと思った矢先だったので、唐突な人選には不幸しか感じない。

「王女殿下、王の間での一件は誠に申し訳ない」

先に父王らとの話を終えたのか、戻ってきたイリヤス王国の人族貴族ザガス・ウィルベントが、詫びてきた。

ザガスはまだ成人も迎えていないが、クリスティアナよりも身長が高かった。

「いえ、わたくしは別に構いませんけれど……」

クリスティアナは、答えながらちらりと向こうを見やった。

そこには、イリヤス王国の次期外交大臣、シリウス・ティグリスブレイドがいた。彼はまだ父王と宰相らと、にこやかに話している。

（改めて顔を合わせた時にも思ったけれど、美しい男性よね）

会場にいた女性達のほとんどが、美貌の次期外交大臣の彼に注目していたほどだ。

先程、国賓の二人とは、父王と宰相らを挟んで顔合わせをさせられた。

その際にも、白い髪を雪のようだと思った。光の当たり具合で毛先の色が変わって見えるのも珍しい。イリヤス王国で獣目と呼ばれているという青い瞳も美しかった。

そんなことを考えていると、彼の目がこちらを見た。

話を終えたのか、シリウスがいったん国王に一礼し、クリスティアナの元へやってくる。

「殿下、お待たせしました」

物腰は上品、表情もクールだが愛想笑いもできる。

でもクリスティアナは、僅かに身を引いて彼から距離を置く。

「わたくしはそこまで待っておりませんわ。ご安心を」

馴れなれしいイケメンも、なんだか苦手だ。彼自身が壁を置いて接している感じも受け、何を考えているのか分からないところも近寄りがたい。

お転婆と言われ続けて、ひねくれたのかもしれない。

クリスティアナは、本と聞けば片っ端から読む本好きでもあった。好奇心も旺盛で行動力もあったので、こんなことでは結婚できないと噂され、出会いも良縁も早い時期から期待しなくなった。

「先程もご挨拶いたしましたが、滞在の間は末姫であるわたくし、クリスティアナ・エドレクスがあなた様方をご案内しますわ。よろしくお願い申し上げます」

クリスティアナは、待機していた王室付き執事のアレイクを紹介した。

「彼があなた様方を部屋までご案内いたします。王宮の中のことは、彼が一番よく存じておりますから」

「分かりました。不明な点があれば彼に尋ねましょう」

それでいいかとザガスに確認したシリウスが、すぐクリスティアナへ目を戻してきた。

「ところで、よろしければ早速ご案内していただきたいのですが」

その提案には、クリスティアナもさすがに驚いた。

彼らは先程到着したばかりだ。ここまではかなりの長旅で、到着してすぐのエドレクス王国の王侯貴族への挨拶も気疲れがあったはずだ。

「これからすぐに、ですか？」

「いけませんか？」

シリウスに上品な仕草で手を取られ、目を覗き込まれた。

異性に手を取られる機会も少なかったので、クリスティアナは固まってしまう。

彼は長身で、少し屈むと魅力的な美貌に拍車がかかる気がした。何よりも美しい紺碧の獣目に、自分の姿をじっと映されていることに落ち着かなくなる。

「あの……夜会も控えておりますから、少しお休みになった方がよろしいかと」

気になって手を何度も見てしまったら、気付いたシリウスが手を放した。

「失礼」

「い、いえ。お気になさらないで」

クリスティアナは、まだ温もりが残っている手をつい撫でてしまった。

（距離感の掴めない人ね……）

なんと言うか、触れ方が思っていた以上に優しくて胸がむずがゆくなった。少し後ろに下がると、シリウスが僅かに眉を寄せてすぐに詫びてきた。

「申し訳ございません、もしや痛くしてしまいましたか？」

「え？　そんなことはございませんが、どうしてそうお思いに？」

「獣人族は力が強いもので、意識せず咄嗟にやってしまうと、痛がらせてしまうこともあるので」

……ん？

（つまり彼、手を取ったのは無意識だと告白しているの？）

クリスティアナは首を捻った。すぐそこにいるザガスも「ん？」と考える顔をしたが、彼女の意見に賛同するようにシリウスへ声をかける。

「ここは殿下のおっしゃる通りかと。夜会の前にティーサロンでの会合もありますし、部屋でゆっくりしていましょう」

「君には聞いていない」

「ひっでぇ！　じゃなくて、ほらっ、明日には早速外交の顔出しが数件と晩餐会だってあるわけですし、ひとまず今日は夜会を楽しみましょうっ」

「正直、僕は興味がないけどね」

シリウスが、青い獣目でザガスを冷ややかに見下ろした。

愛想笑いを解いた彼は、近寄りがたい雰囲気が強まった。クリスティアナが苦手意識で後ずさった時、父王が一部の側近を連れたまま声をかけてきた。

「年齢の近い者同士、早速友好を深めているようで嬉しく思う」

「僕としても幼馴染のウィルベント共々、これからクリスティアナ第七王女殿下と親しくさせていただけたら、と思っているところです」

先程と一転し、柔和に対応しているシリウスに物申したくなる。

「そうか。それではクリスティアナ、ご挨拶は済んだろうから、お前はいったん自分の侍女達と部屋の方で支度を整えてきなさい。夜会でまた会おう」

「――はい。お父様、そのように」

クリスティアナは父王にひとまずそう答え、シリウスに思うところがありながらも二人にいったんの別れの挨拶をする。宮殿側の私室への荷物の移動、それから後宮で母達や姉達とドレスの身支度に取りかかるとすると時間は少ない。

一緒になって王の間から廊下へと出る。

すると、にわかに階下の方が騒がしい。

（何かしら……？）

　クリスティアナと同じく、父王もそちらへと顔を向けた。廊下から階下の中庭通路を見ていた警備兵らが気付き、慌てた様子で国王に頭を下げた。

「陛下っ、申し訳ございません。いらっしゃるまでには収拾をと考えていたのですが」

「いったい何があった？」

「実は、デイドリク民族の学者団が……」

　それは国境に籍を置く学者の団体だった。イリヤス王国との協定が迫ってきてから、彼らは急に抗議活動を取るようになっていた。賓客を迎えたタイミングを見計らって、城に突入してきて文句を言っているのだという。

「獣の人がいる国と仲を深めるなど、断固反対！」

「狂暴な人種だと言うではないか！」

　聞こえてきた声に、クリスティアナはハッとして廊下の塀に駆け寄った。父王が焦ったように「あっ、クリスティアナ！」と追う。

　階下の広場を見下ろしてみると、確かに『獣の人』という抗議板を持ったよれよれのトレンチコートの学者達の姿があった。

（予定をだいぶずらして今日を迎えたのに……！）

　十五年かけて国民の理解を得、今や『獣の人』という差別的な言葉を使う者はほとんどいなくなった。狂暴、というどこから湧(わ)いたかも分からない悪評だってごく少数だ。

けれどイリヤス王国から来た人族貴族代表と獣人貴族代表の耳に、『獣の人』『野蛮(やばん)』だなんて言葉を聞かれてしまった。

この状況はまずい。クリスティアナは女性が行動するものではないとは分かっていたが、続いてそばから見下ろすシリウスとザガスに走り寄った。

「みんなイリヤス王国が良き国だとは理解しています。他の大勢の者達も、良好な関係を築きたいと思っていて――」

「大丈夫ですよ、殿下。事情についても分かっていますから」

廊下から騒ぎの場を見下ろしているシリウスが、眉一つ動かさないまま肝が冷えた国王にも聞こえるように言った。

「エドレクス王国に、戦力も持つ大国と仲良くなられたくないと考えている国もあるようです。そんな中であなた方が努力してきたことも、我が国の王はすでに知っています」

「とすると、これまでに何度かした延期申し出の事情についても……?」

「もちろんです。我が国の王は、それを理解したうえで『何度でも待とう』と友好的な返事を出しておりますから」

シリウスが、美しい獣目を国王へ向けた。

「お忘れではないかと思いますが、その鎮圧に少しでも助力になればと、今回の外交で条約を交わすこととあわせ別件の方も私が委任されてここへ来ました」

「そ、そうであったな。確か今週にアムサ元帥らと――」

「その会談についても、我が国の軍部からも条約の交渉案件は持ってきております。こちらに関しては私とウィルベントで話し合いに臨む予定です。イリヤス王国は稚拙な小細工くらいでは踊らされませんので、ご安心を」

シリウスが「さて」と陛下の騒ぎを改めて確認した。

「あとでティーサロンで話す予定ではあったのですが、邪魔ですので先にこの〝雇われ連中〟の騒ぎを収めましょう。陛下、この支柱を少し壊してしまっても？」

「雇われ？　まぁ、我が国の職人は一流だ、怪我人が出ないのであれば少々の破損は構わないが……」

「そうですか。それなら中庭の土もえぐるくらいであれば大丈夫そうですね」

不意にシリウスが、そばの支柱を両手で掴んだ。

「おいシリウスさんっ、やめ――」

咄嗟にかけたザガスの声は、破壊音によってかき消された。

シリウスが両腕で支柱をもぎ取ったのだ。その信じられない光景を前に、クリスティアナは見ていた者達と一緒になって目を剥いた。

シリウスは〝凶悪な凶器にしか見えなくなった支柱〟を構えた。気付いた学者達や警備兵達が逃げ出す中、ぶんっと階下の中庭に投げつけた。

恐ろしい速度で飛んだ支柱が人のいなくなった中庭に突き刺さり、場が静まり返った。

「……こ、殺す気かあぁぁぁ！」

ようやく第一声を放ったのは、学者団の男達の方だった。

「君らが他の者達と一緒になって避けられるよう、時間は多めに待ってやったじゃないか。殺す気なら、退避されるよりも早く投げている」

「手を払いながらなんて恐ろしいことを言うんだ！　お前それでも外交官か⁉」

「そもそも君らに金をあげた国の名前も、事の詳細も全て調べがついているんだが、それをここで晒して欲しいか？　デイドリク民族として同胞の名を地に落とし、断罪される問題に発展させたくなければ速やかに立ち去れ」

男達が、一気に顔色を悪くして震え上がった。

「こ、これで失礼するっ」

一目散に背中を見せると、彼らは警備兵らが止める間もなく走り去っていった。

シリウスが目で追いながら、襟を整えつつぽかんとした国王に言う。

「少し予定を繰り上げて、これからこのままティーサロンでお話ししたく思います。我が国の王からも、助言を差し上げるように言づけがございます」

「そうであったか。それは有難い」

「それにしてもここでは、学者があのように大きな態度に出るのは普通のようですね」

「貴族の位の次に、学の位が重要視されている。政治的な圧力を受けない、という学の自由が独自の体制を築いているところもあり……」

現状の悩みに繋がることなので、国王は言葉を濁す。

そんな話がされる中、クリスティアナは中庭に刺さった支柱を唖然と眺めていた。

(な、なんて規格外なの)

無茶苦茶だ。獣人族は戦闘種族だとは聞いていたが、なんて身体能力をしているのか。

「獣人族というのは、皆様こうなのですか?」

クリスティアナが足音に気付いて振り返ると、ザガスが苦笑した。

「いえ。人族よりは強いですが、彼みたいなタイプは少数です。とくに彼は、古代種ですから」

「古代種?」

「そのままの意味ですよ」

つい先程まで話し合っていたはずのシリウスが、高い背を屈めて割り込んできてクリスティアナはびっくりした。

「あ、あなた、陛下とのお話はどうされましたの?」

「部屋ではなく先にティーサロンへ急きょ移動することになりましたので、姫に別れのご挨拶を。そして彼も連れていきます」

シリウスにクリスティアナから引き離されたザガスが、「いてててっ」と声を上げる。付き合いが長いのか、年下ゆえの対応なのか、やはり彼への扱いが雑に感じた。

「古代種というのは、古代にいたとされる種族のことです。獣人族が始まったとされる祖先に近い一族です。我が国の獣人貴族で知られているのが、大蛇のビルスネイク公爵家、私のティグリスブレイド伯爵家もそうです。我が国でも旧き時代のことですから、今は詳しく知る者もほとんどおりませんが」

「お詳しいのですね」

「――先に申し上げていたでしょう。歴史などに興味がある、と」

お喋り(しゃべ)りのように口にしていたシリウスが、急に熱でも冷(さ)めたみたいに口を閉じた。

◆

ザガスと共に、国王らとティーサロンに移動する。

その途中、シリウスは会話から離れたタイミングで自分の手を見下ろした。

『いけませんか?』

あの時、彼女の手を取ったのは不要なことだった。なぜより警戒させるような、あんな無駄な動きをしたのか？

大人（おとな）しくしていたが、クリスティアナは他の姫や令嬢と違って強い意志を持っているように感じた。誰もがシリウスから警戒を解いたのに、彼女だけは違った。

それならば紳士的な距離を取った対応を。

そう考えていたのに、ルビーのような瞳が近くから自分を見上げた時、気付けばその顔をもっと見るために、シリウスは彼女の顔を覗き込んでいた。

そして、我に返った時、自分の手の中には彼女の手があったのだ。

「あまり好き勝手動くのはまずいですよ」

隣に少しずれてきたザガスが、脇腹（わき）を小突いてきた。直前にあった支柱のことを言っているのだろう。

「外交に関して波風は立てていない。それでいいだろう」

シリウスは、さりげなく手から視線を離してそう答えた。その涼し気な横顔を、ザガスは恨めしげに睨（にら）み上げる。

「さっきのもそうですけど、姫を案内役に指名するとか何してんですか」

「彼女は『賢者の目』とやらを持っている。それにこの国の書物は、全てが全て王の権限で見られるわけではないのは誤算だったが、彼女なら可能だと陛下も言っていただろう」

「しかし」

「僕は、利用できるものなら使うまでだ——弟のためなら」

理由を知るザガスが口をつぐむ。シリウスは、獣目のような胸元のスターサファイヤのブローチにそっと触れた。

協定成立後の、イリヤス王国からの第一となる特別な客人の出迎えだ。久し振りに嫁ぎ先からも姉達が戻り全員揃ったので、クリスティアナもいったん後宮へと足を運んだ。

しばらく優雅な時間を過ごした後、一緒に夜会のためドレスへと着替えた。

元々煌びやかな会は、いつだって気分が乗らない。そのうえ……とクリスティアナは歓迎会にもなっている夜会の参加者を思い返す。

「変な人だったわ……」

未成年のザガスの方ではなく、あのシリウス次期外交大臣である。

どうして彼は、クリスティアナに案内して欲しい、だなんて言ったのか。

「シリウス様のこと？　ふふ、身分も申し分ないし、とても美しい殿方よね。楽しみね、クリスティアナ」

姉の一人が、侍女にダイヤモンドが散りばめられたネックレスをつけてもらいながら、うきうきした声で告げた。

婚約者もいないので、イリヤス王国代表の外交官であるシリウスに、王家代表としてダンスに誘われる可能性が高いことを言っているのだろう。お茶をしていた時も、その話は姉達から出ていた。

しかし、クリスティアナは楽しみだなんて全然思っていない。

（褒め言葉は、案内役にするために取ってつけたような感じだったわ）

初めに父王が『美しい自慢の娘』と振った時、社交辞令の相槌さえしなかったことは忘れていない。

家族達は、見初められたのではと心躍らせているようだが、彼女は期待していなかった。

（姉様達みたいに美しくないし……）

クリスティアナには、この国で女性の美しさと魅力とされる部分が欠けている自覚はあった。

廊下の向こうから聞こえた非難の声に、咄嗟に動いて覗き込んでしまう、という慎みも上品さもないだめな行動まで見せてしまった。

「ああ、クリスティアナ。何か悲しいことを考えているのね」

幼い我が子を乳母に抱かせている二人の姉が、クリスティアナを優しく抱き締めた。

「あなた、我慢している時に殿方みたいな顔をするものね」

「女性ですもの。悲しい時は、その感情をこらえなくともよいのですよ」

そんな素直なこと、クリスティアナにはできそうにない。どうしても強がってしまうし、悲しいことをはねのける方に思考を持っていってしまう。

姉達が言う通り、上手(じょうず)な嘘でシリウスに『美しい』と言われたのは痛かった。


母達に促され、姉達と揃って夜会へと出席する。

姉達は会場に入った途端、紳士達の注目を一気に集めた。柔らかな微笑(ほほえ)みを横から眺めていた若い令息達も、すでに母になった姉達にまでうっとりしていた。

クリスティアナは意味もなく微笑を作るなんてできず、退屈そうな表情を隠すようにやや俯(うつむ)きがちに姉達の後ろを進んだ。

(着飾ったドレスが重いわ……)

日中の正装より装飾品も増えたせいで、余計に重々しく感じてしまう。

(夜会がなかったとしたら、今日は『オースト大公記』を読むつもりだったのに)

国内でようやく発売されたあの新刊は読んだかと話す男性の声が聞こえてきて、クリスティアナはひっそり溜息をもらした。

現在のオースト皇帝の、政治手腕や考えなどの本人による執筆。それに加えて、実際の記録から奴隷制度を廃止し新国家を築き上げた彼の功績を作家が書き起こした、全三巻の大ボリュームで書かれている傑作(けっさく)である。

もちろん、話せる同性の相手はいない。賢者の目がなかったら、女性が読むなんてと余計に白い目で見られていただろう。

「またお会いできて光栄です」

そんな美声が聞こえてきて、クリスティアナはハタと顔を上げる。

そこには夜会用の盛装に身を包んだシリウスがいた。彼はこの国の大臣補佐位を示すカラーサッシュに、イリヤス王国での勲章や階級紋の入ったバッジなどをつけていた。

「うふふ、クリスティアナったら、彼のご挨拶にも気付かないだなんて。何か考え事？」

母達も姉達も、シリウスを前に気をよくして微笑んでいる。

ぼんやり考えている間に、短い会話でもあったのだろう。全く気付かなかったことをクリスティアナは反省する。

「申し訳ございません、周りの会話に気を取られていました」

「またご本のことかしら？　クリスティアナ、シリウス殿があなたにお話があるそうですよ。ザガス殿はまだ父王のところですから、彼とはあとでご挨拶なさい」

「ティグリスブレイド様が、わたくしに……？」

にこにこしている母達や姉達を不審に思いつつ、クリスティアナは押し出される形でシリウスの前に立つ。

「クリスティアナ王女殿下、私と踊ってくださいませんか？」

シリウスに誘われ、彼女はルビーの目を見開く。

落ち着きのある美しい笑顔を前に、不覚にも鼓動が速まってしまった。彼のサファイヤみたいな獣目に、自分が映っているせいなのか。

(こんな風に、踊りを求められたことなんてないわ……)

一番手の誘いにと声をかけたから、母達はにまにましていたらしい。

すでに挨拶を済ませたのか、向こうから父王がにこやかに手を振ってくる。

(だから、みんな喜んでいるのね)

でも、これは外交的なことに違いない。

夫、そして婚約者を持った姉達にやれば波風が立つことを想定したのだろう――そうクリスティアナは勘繰る。

「どうしてわたくしに?」

「私があなたと踊りたいと思ったからです。いけませんか?」

つい可愛げもなく尋ねてしまったら、シリウスがどこかミステリアスな美しい微笑を浮かべてきた。

姉達の方から黄色い囁きが上がったので、クリスティアナは余計に胸が高鳴ってしまう。彼の至極余裕という態度が憎たらしい。

(彼は、個人的な思いから誘ったわけではないわ)

素早く自分の胸に言い聞かせた。

わざわざ会場のド真ん中で誘ったのも、彼の策だろう。

国益になる相手だとして丁重に対応されている超大国の外交官。大勢の国内貴族達が見ている中で、案内役として指名を受けた末姫がもてなさないのもまずい。

なんだそういうことかと思ったら、クリスティアナは少し悔しくなる。

利用しているのならしているのだと、ハッキリ言って欲しい。その方が心臓に悪くない。

「――お受けいたしますわ」

気持ちが落ち着かないまま、渋々誘いを受ける。

シリウスが手を差し出したので、クリスティアナはそっと指先だけを乗せた。彼に導かれるのに任せて、一緒に会場内を移動する。

夜会には宮廷音楽家の演奏が流れている。今夜も煌びやかで豪勢だ。

（それなのに、ドキドキしている自分が嫌だわ）

このような場で異性に『一番目のダンスの相手を』と望まれたことはない。

こういうことにまるで免疫がないことを実感させられて、クリスティアナはこれまで以上に逃げ出したくなった。

俯いた拍子に、彼に腰をすくい取られて引き寄せられた。驚きのあまり悲鳴が喉で詰まった。

「それでは一曲、お相手をお願いいたします、殿下」

ただ、ダンスの姿勢を整えだけ。それなのにシリウスの美しい獣目が近くて、観察のチャンスへの欲に流され、クリスティアナはこくこく頷いた。

演奏音に合わせて踊り始める。彼のダンスは優雅で、苦がない。

（やっぱり、とても綺麗な瞳だわ）

彼の獣人族の獣目は、高貴な幻獣の美しい眼を見ている気分にさせた。

これまで読んだ空想上の伝承をまとめた書物を思い出す。

気質は精悍で、心も性格も強めなイメージだ。とすると、やはり彼の作り笑いみたいな薄い笑みは本物ではないとも思えた。

クリスティアナと同じく、シリウスもじっと彼女を見つめている。

そう彼の瞳に映っている自分を認識し、目を見つめていただけで会話もないままの時間を続けてしまったと気付いた。

（あっ。なんて恥ずかしいことを）

それとなく殿方をリードして会話を楽しませるのも、王侯貴族の女性の美点とされているところであるのに……。

でも経験のないクリスティアナには、こんな時何を話したらいいのか分からない。

つい視線を逃がした時、美声が降ってきてドキッとした。

「殿下、いかがなされましたか？　私は何か不快にさせることでも？」

クリスティアナは動揺してしまった。踊っている間はずっと相手のことを見ていなければならなかったのかどうか、分からなくなってしまう。

「いえ、その……」

視線を泳がせたクリスティアナは、ふと、彼の胸元のブローチが目に入った。

その装身具は、美しいスターサファイヤだった。夜会の灯り（あか）を受けて、美麗な線を入れている。

（……まるで、彼の瞳みたいだわ）

それでいて色合いは深さがあり、自然とクリスティアナの胸も鎮まっていく。

そんなクリスティアナを観察していたシリウスが、ふうんと考えるように視線をそらし、なるほどという表情を浮かべる。

「僕も自分を落ち着ける時は、その輝きを見ていますね」

「はい？」

「――いえ、なんでもありません」

シリウスが軽く首を横に振り、一人称を戻して言う。

「ところで殿下は、私に緊張しておいでですか？　もしかしてなのですが、このような場で親族以外からの誘いを受けたのは久しぶり、とか？」

ぎくんっとクリスティアナの肩がはねる。

まさかの図星をつかれて思考が固まった。姫なのにそうであることを、大注目されている超大国の外交官に知られてしまっていいものか。

「あ、あの、わたくし――」

「ああ、それとも経験がない、が正解でしょうか？」

「な……っ！」

クリスティアナは、さらっと言葉を遮ってきた美貌の次期外交大臣を咄嗟に見上げた。だが目が合った途端、シリウスが肩の力を抜いたような微笑をもらした。

「ふっ。そうでしたか――いえ、すみません、怒らせるつもりはなかったのです」

不覚にも、クリスティアナは胸が高鳴ってしまった。

作り笑いではないのが伝わってくるシリウスの表情は、とても美しかった。

殿方に誘われたことがないのは、魅力的ではないと示しているようなものだ。それなのに彼は悪く思うどころか、なんだか嬉しそうにも感じた。

（そんなこと、私の気のせいなんだろうけど……）

無駄に美しいから心臓に悪い。垣間(かいま)見えた彼の素の表情一つで、不覚にもときめいているのをクリスティアナは自覚した。少し悔しい。

「ということは、殿下が成人後に正式に踊ったのは私が初めてなのですね」

「……どうしてもそのお話をしたいみたいですわね」

口を閉じさせる気はないようだと分かって、クリスティアナは軽く睨む。

「ええ、そうですわ。そう答えれば満足ですか？　笑いたければどうぞご自由に」

「不快なお気持ちにさせるつもりは全くありません。私はただ、殿下と話がしたいだけです」

（本当にそうなのかしら？）

また腹の探れない笑顔を向けられたクリスティアナは、彼に対する胡散臭い印象が増して警戒する。

「滞在期間は行動を共にすることも多くなるでしょう。打ち解けていない状態では姫も居心地が悪いでしょうから、練習するのはどうでしょう？」

ゆっくりとステップを踏みながら彼が言う。末席の姫であるし、お高くとまるような面倒臭さがないことを踏まえての案内役の指名だったのだろうか。

「練習ですか……？　しかしティグリスブレイド様、案内だけなら――」

「まずは名前からですね。私のことは、どうぞシリウス、と」

ぐいぐいこられて、クリスティアナは戸惑いながらもまずは言われた通りに呼ぶことにする。

「……シリウス様、それで練習というのは？」

「気軽に話せるように練習するのです。話せるようになれば、おのずと緊張も抜けるかと。私の前では、本当のあなたでいるというのはどうでしょうか？」

シリウスがまた、あのどこかミステリアスで魅力的な微笑を浮かべる。

「本当のわたくし？　つまりそれは……」

「私の勘が当たっていれば、殿下はその『賢者の目』の活動で随分外にも行かれていて、庶民籍の学者とも〝対話し慣れている〟かと推測しています」

すっかり見透かされている。

クリスティアナが戸惑いを浮かべた途端、シリウスがにこっと笑って追って告げる。

「話しやすい方でいいですよ。私は気にしません」

「でも……どうして私にそんな提案を？」

一曲目の終わりが近付いていることに急かされ、クリスティアナは緊張しつつも、試しに作っていない言葉でこそっと尋ねた。

「先に申し上げましたでしょう。殿下と仲良くなりたいからですよ」

――それは、嘘だ。

きっと『美しいから』と言った時と同じ。

シリウスに美しい獣目でにっこりと笑いかけられた瞬間、クリスティアナは胸のあたりがきゅっと苦しくなって、ドキドキしていた熱も急速に引いていった。

「どうかされましたか？　まだ私が信じられない？　聞きたいことがあるのなら答えますよ」

「聞かなくてもいいわ」

「どうして？」

「それは……」

どことなく胡散臭いから、とは言えずクリスティアナは一度言葉を詰まらせる。

「話し方については提案を受け入れます。私的な場ではそうしますわ。あなたが、わたくしの話し方を無礼に取らないことは分かりましたから」

「それは良かった」

「でも……わたくしは、嘘は嫌いですわ」

突き放すように本心をこぼした時、ちょうど一曲目が終わった。

シリウスの返事が初めて遅れた。クリスティアナは彼の方を見ないまま失礼にならない程度に両手で押すと、その腕を放されて礼をしその場をあとにした。

◆

翌日、シリウスとザガスは早速揃って朝の会談からスタートした。国賓として移動も注目を集め、外交交渉と社交で夕方まで大人気だったようだ。

それをクリスティアナは、後宮に泊まった兄姉やその伴侶(はんりょ)達の歓迎を兼ね、正餐(せいさん)会や貴族達を招待しての会を過ごしながら耳にした。

夜会のことが腑(ふ)に落ちないまま、その次の日を迎えた。王家と縁者一同が揃った昨夜の盛大な晩餐会があり、そこで彼女はシリウスとザガスと約一日ぶりの顔合わせとなった。

シリウスは既婚者にも大人気で、微笑を浮かべるだけで使用人達も虜にしていた。魅力的な美しい獣目は、形ばかり柔和に細められるだけで女性達の心を掴む。

そんな中、彼がクリスティアナだけに取った数々の行動が場を沸かせた。彼女が訪れると真っ先に挨拶をしに行き、彼女のためだけに椅子を引いた。

美しい姉達が揃っている中、特別感を漂わせて異性にエスコートされたのも初めてで、クリスティアナもついつい心臓がはねた。

案内役に指名したこともあってか、父も母達もすっかり見初められた可能性を強めたようだった。姉兄達も、とくに姉達が目を期待で輝かせていた。

『彼、あなたに気があるのよ』

『ほら、またクリスティアナのことを見ていますわっ』

騙されないわよと、クリスティアナは姉達に内緒話されながらも一層警戒心を強めた。

(ますます胡散臭いわね)

以前の『美しい』発言もある。美貌の姉達を前にして、クリスティアナを『魅力的だ』と言った時点で、彼女の中ではもう怪しさ確定だった。

美しいから、誤魔化されそうになる。

クリスティアナも、シリウスほど美しい男性は見たことがなかった。煌めく青い瞳も、純白の髪も彼を魅力的に引き立てている。ミステリアスでクールかと思えば言葉巧み、そんな掴みどころがないところも女性心をくすぐる。

でもクリスティアナは、シリウスはどちらかと言えば仕事人間のような印象を受けた。

（それなのに夜会でわざわざ一番目のダンスの相手にも指名したり、名前呼びをさせたり仲よくしようと言ってきたり、早急でかえって違和感があるわ）

それもこれも、今日からようやく取れる私用の時間のためだろう。滞在期間中、案内役として誰よりもクリスティアナが彼らと付き合うことになるから、シリウスはあんな行動を取ってきたに違いない。

そんなことのために『美しい』と嘘を吐いたり、好意を匂わせる態度を父王達の前で取ったりしたのだと思うと、迷惑だし腹が立つ。

（私が我慢ならない。こうなったら、ハッキリさせてやるわ）

晩餐会の翌日、朝に後宮で母や姉達と食後のお茶を過ごした後、クリスティアナはきびきびと足を動かして待ち合わせていた部屋へ向かった。

予定されていた部屋に辿り着くと、扉は開けられていた。

部屋の前に立つ騎士が驚き、しかしいきり立ったクリスティアナを恭しく室内へ促す。

「これはこれは、クリスティアナ王女殿下。またお会いできて嬉しいですよ」

入室すると、待っていたシリウスがティーカップを片手に紺碧の獣目を形ばかり細める。窓辺には、寄りかかって立つザガスの姿もあった。

　彼と視線が交わった一瞬、クリスティアナはしばし目を奪われてしまった。

（何度見ても綺麗な目。それに……雪みたいに白い髪だわ）

　直前まで何か話していたのか、ザガスが溜息を吐いて口を閉じ直すのが見えた。シリウスが立とうとするのが見えて、クリスティアナは我に返る。

「エスコートなら不要です。そのままでいいわ」

　クリスティアナは、騎士らに、しばらく客人と三人にするようにと伝えた。

　シリウスの向かいにある二人がけ用のソファへ腰を下ろす。テーブルには三人分の菓子が並んでいて、彼女の分の紅茶が出されると騎士達は全員いったん退出した。

「ザガスさんも、こちらへどうぞ」

「あ、これはどうも」

　気付いてクリスティアナが優しく勧めると、ザガスが思い出した様子でひょいっと窓から離れて同席した。

　公爵家嫡男である彼は、不思議と堅苦しさがなく時々出る砕けた感じも好印象だった。先日の夜会で、シリウスと同じく名前呼びをしていいかと確認した時、「名前で呼ばれる方が友人感があって好きです」と答えていた。

　そんな裏表のない性格も、父王の側近らにすぐ気に入られていた。クリスティアナもザガスには、楽な口調で話すことで気もほぐれた。

「まだ全然数が減っていないみたい。王都名産の焼き菓子よ。ザガスさん、ぜひ食べて」

「うっ。その、すみません……実はあなたのお父上様とのティータイムで、美味しくってかなり食べてしまいまして」

「まぁ、それで立っていたのね」

「呆れるでしょう？　私ならそんな〝失敗〟はしませんね」

シリウスが口を挟んできた。言葉は柔らかめだが、なかなか辛辣な意見だ。

「美味しかったのなら仕方がないわ」

「そうですか。殿下がそうだとおっしゃるのなら――良かったなザガス、僕と違って王女殿下はお優しい。君の擁護者が出たぞ」

「シリウスさん、嫌がらせで皿を寄せてくるのはやめてください」

甘い香りを目の前から立ち上がらされたザガスが、若干口元を引き攣らせていた。

そうとうお腹がいっぱいなのだろう。クリスティアナは、焼き菓子の皿をパッと自分の方へ寄せ、シリウスを毅然と見据えた。

「ところで、ようやく三人になれたから確認するわ。私のこと『美しい』だとか『魅力的』だとか口にしたのは、見ていた人を意識したからでしょう？　案内役に指名した手前、私を一番におだてただけよね」

王族という優位な立場、婚約者はいないので同行させても波風を立てる心配はない。そして父王が言っていたように『賢者の目』の活動で幅広く動ける。

それをクリスティアナが確認すると、シリウスが落ち着き払ったままティーカップをテーブルへと置いた。

「会って早々、直球で確認されるとは思っていませんでした。もう少し時間がかかるものかと」

「ということは、嘘だと認めるわけね」

「何をこだわっているのかは分かりませんが、ハッキリさせたいようですのでそうだと答えておきます。よくある社交辞令の嘘ですよ」

ザガスが「えぇぇ」と戸惑いの声をもらして、シリウスの横顔を見た。

「シリウスさん、いきなりなんてことを言うんですか」

「私は平気よ。言われた時は驚いたけど、期待だってしていなかったから」

「だと思いました。他の姫達とは違った反応をしていましたので、変に期待を抱かれないと判断しました」

とはいえ、とシリウスが口にして詫びる。

「晩餐会で少し派手めに演出をしたことは自覚しています。それは謝ります」

「どうしてこんな回りくどいことを？」

「あなたの父上が、実のところまだ渋っておられたようでしたので」

それは、と考えてクリスティアナは納得してしまう。

私的な時間のもてなしを姫に任せるだなんて、この国では誰もが乗り気にならない案だった。

しかし、それが縁談に繋がる可能性を含んでいれば、話は変わる。

もてなしというよりは、交流を深めさせたい王家や臣下達の思いもあった。娘を溺愛している父王なので、昨夜まで迷いどころはあったのだろう。

「お父様、私が賢者の目としての活動を本格的に始めた時も、そうだったのよね……でもすっきりしたわ。シリウス様、あなた様からの謝罪を受け入れます」

クリスティアナは、ようやく心に区切りがついて紅茶を口に含んだ。

その様子を、シリウスが少し物足りなさそうに見つめた。

「あなたは……」

小さな声が聞こえて、クリスティアナは顔を上げる。

「何？」

「ご自分が受けた言葉については、気にしないのですか？」

「しないわ。社交界では社交辞令なんて当たり前で、私は自分が美しいだなんて思ってないし、そんなこと言われたことないから嘘だってすぐに思った」

するとシリウスが、ザガスと顔を見合わせた。

「殿下が美しくないだなんて、そんなことはないかと……」

「ありがとうザガスさん。でもいいの、ここでは社交辞令もなくどうぞ楽にして」

クリスティアナは、弱々しい笑顔を見せた。

「それから、私のことはクリスティアナで構わないわ。外を案内することになった時、殿下呼びだとかえって目立ってしまうから」

「なるほど――その際には『クリスティアナ様』と呼ばせていただこうかと。それにこちらの国は、正妻の子とする姫や王子がかなり多いので」

シリウスが、疲れたように吐息をもらして前髪をかき上げた。

彼らも昨日初めて来国したばかりだ。クリスティアナは、ふと、彼らの国とは大きな違いがあることに気付いた。

「そういえば、イリヤス王国では一夫一妻だったわね」

クリスティアナはそこで、王子と姫が多いのは一夫多妻制であることを教えた。

現国王は三人の妻を娶り、姫は全部で七人、王子は六人いる。

「上の兄姉達は、第一から第二王妃の子よ。幼い頃に亡くなった第三王妃が私の実母で、身体が弱くて子は私一人だけだった」

看取ったのち、国王はそれ以上妻を迎えないことを宣言した。

獣人族がいるイリヤス王国にはない制度のせいだろう。妻同士仲が良くて後宮でみんな一緒に暮らしている、という話を二人は不思議がっていた。

「後宮を持つ国も多く見てきましたが、俺らの知っている後宮とも随分違っているようですね。妃間や後継者問題のグログロもなし？」

「そんなのないわ」

ザガスの質問の仕方がおかしくて、クリスティアナは少し笑ってしまった。彼はなるほどと感心した様子だ。

「金髪は殿下お一人だけでしたので、不思議には思っていたんです。陛下が『第三妃の』と口にして、ああなるほどと納得はしましたが」

「お母様は、国内では珍しい金髪だったの。男爵家出身で、賢者の目の活動でお父様と会って恋に落ちて。髪色だって違うけど、お兄様もお姉様も私のことを大切にしてくれて、私もみんな大好きよ。昔は絵本を読んでもらったり、一緒に部屋を抜け出して遊んだりもしたわ」

笑いかけたら、ザガスもつられたように笑顔を返してきた。

「そっか。俺は一人っ子なので、なんだか羨ましいです。うちの親父――っと、父上も『問題児はお前一人で十分だ』と言っていますし」

親父、という言い方がかなり新鮮で面白く感じた。

「ふふっ、仲がいいのね」

「まぁ、俺が治安部隊で鍛えたいと言ったら、喧嘩の末自ら放り込んでくれたくらいには理解のある父親ですよ」

互いに笑い合った時だった。

「……そうか、君も『下の子』だったな」

シリウスが物憂げな表情でテーブルを見ていた。視線に気付くと、彼は「なんでもありません」と気を取り直すように言った。

「ところで、早速案内してもらってもよろしいですか？」

そういえばとクリスティアナも思い出す。

「いいわ。宮殿内の案内でも、午後四時までに戻るのなら外の観光でも大丈夫なようスケジュールは取ってあるわ。まずは何がしたいの？」

ひとまず要望を尋ねると、シリウスが美しい紺碧の獣目に真剣さを宿した。

「それでは、まずこの国で一番と言われている王立図書館を」

即答したシリウスに、クリスティアナは「は」となった。ザガスが溜息をこぼしながら顔に手をやっていた。

◆

王都バイエンハイムにあるバックファー王立図書館は、旧バックファー宮殿が増改築されたもので、蔵書数が国内一の規模を誇る大図書館だ。

天井の絵画や大天使の壁画も美しい。

各国から人も訪れる名所——なのだが彼は建物内を見に来たわけではないようだ。

まずは伝承系の棚が知りたいとシリウスに言われ、クリスティアナは勝手知ったる場所のごとく真っすぐ案内した。文献類、文学者による解説と考察書の置き場所……ようやく第四閲覧フロアに腰を下ろした時には、少し喉が疲れていた。

（なぜ、一番目の観光先が大図書館なのか……）

クリスティアナが座る長テーブルの向かいには、シリウスが一人で陣取っていた。

そこには、十冊を超える分厚い書物が積み重ねられている。着席するなり早速一冊目を読み始めてしまった彼を、彼女の二つ隣の席にいるザカスも呆れた顔で見ていた。

歴史や伝承の分野に興味があると言っていたし、来国してからずっと外交と社交尽くしだった。気晴らしがしたいと思ったのかもしれない。

邪魔しないでおこうと考えて、クリスティアナはすぐ近くの棚から取った本を引き寄せると、その上に腕を乗せてザガスへ顔を向けた。

「少し聞いてもいい？」

「はい、なんなりと」

シリウスに「邪魔」とどかされ、同列にいる彼がにこやかに答えた。

「獣人族について、まだ分からないところがあって。見た感じだと見分けがつかないと思うのだけれど、瞳で判断している感じなの？」

「獣歯と呼ばれているものも残っていますよ」

「残っているって、小さい時は違っていたりするの？」

獣人族は、子供時代はルーツになった獣の耳や尻尾があったりするのだと、ザガスは丁寧に教えてくれた。大人の節目で〝成長変化〟というものを迎え、人化する。

「獣の特徴をどれほど持って生まれるのかは、個人差があります。獣の耳は多くの子に見られるように思いますね」

「それが当たり前の光景というのも、不思議ね」

「人族と獣人族が半々なのは、王都独自の光景でもあります」

大昔から王都で暮らしていたとされる戦闘種族。田舎の地方に行くほど見ることは減り、同じイリヤス王国民でも獣人族をあまり知らない者もいる。

「外国では有名だけど、うちとは国土も比べ物にならないくらいに大きいから、そういうことがあったりするんでしょうね。他にも何か違いがあったりする？」

「人族と獣人族では、婚姻習慣についても違いがありますよ。獣人貴族は基本的に成長変化が終わって、大人になってから婚姻活動をスタートします。そして自分達の意思で婚約者の候補を立ててから、その中から婚約する相手を選ぶんですよ」

獣人法では、婚約者候補を選ぶことは〝仮婚約〟と呼ばれているらしい。獣人族は全員が体内に魔力を宿していて、噛むことで求愛の証を刻めるのだとか。それは求婚痣と呼ばれているそうだ。

「小さく噛むのが仮婚約成立の礼儀作法です。本婚約で、大きな求婚痣を刻みます」

「なんだかロマンチックね」

「意外な感想です。痛そう、と言われるかと思いました」

「綺麗な紋様が残るんでしょう？　体内の魔力が不思議に働いているのだとしたら、痛み軽減や治癒にも働くのかなと思って」

ザガスは感心した様子で「正解です」と言った。

イリヤス王国では、魔力を活用できるのは人族のみだ。魔力を宿す国民は一割以下で、実際に魔力球石や魔力による治療を行える者はさらに少ない。

そんな不思議な人族と獣人族の話は、クリスティアナの好奇心を満たした。

「ありがとうザガスさん、ところで……彼、異常なほどの読書家だったりするの？」

シリウスは会話など聞こえていないと言わんばかりに、ずっと本に集中していた。読書は進んでいるようで、すでに一冊が彼の左側へ移動されている。

「まぁ、速読者ではありますね」

ザガスが苦笑を浮かべ、声を潜めてそう言った。

　彼にバイエンハイムの建物や歴史にまつわるものを読みたいと相談され、今後の国内社交に活かすのならとクリスティアナは一冊を紹介した。

　二人それぞれ本を広げ、しばらくシリウスを待った。

　ザガスが大きな本を膝の上で立てるそばで、クリスティアナも本の字を追った。でも、なんだか集中できなかった。

（彼の宝石みたいな美しい瞳は、まだ集中して文章を追っているのかしら……？）

　こっそり本の上から窺うと、目が合って驚いた。シリウスが次の薄い本を片手に、じっとクリスティアナを見ていたのだ。

「な、何？」

　顔だけは本当に美しい男だ。見つめられると落ち着かなくて尋ねた。

「――いいえ、なんでも」

　椅子の背にもたれ、じっと眺めてから彼がそう言った。しかし手元の本へ目を戻すなり、ふとページを戻してクリスティアナに見せてきた。

「この複写の壁絵の文字は、読解できたりしますか？」

　クリスティアナは想定外のことで赤い目を見開く。本文じゃなくて、写し絵の部分を言われるのも予想外だった。

「あなたが私を指名したのは、『賢者の目』を持っていたのも理由なのね……でも、そんなところまで読みたいの？」

「悪いですか？」

賢者の目のことを否定せず、彼が堂々秀麗な眉を顰（ひそ）める。

（研究者並みの活字中毒だったりするのかしら……？）

クリスティアナは読書家説が強まった。ザガスをちらりと見たら『すみません付き合ってやってくれませんか』という風にお願いされてしまった。

「まぁ、いいけど。こちらからだと見えづらいから、隣へ行っても？」

理由がなんであれ、シリウスの勤勉な姿勢はこの国では歓迎されるものだ。クリスティアナが席を立つと、彼が少し目を見開いた。

「君が、僕の隣へ？」

驚いたのか、普段の『私』口調が外れてしまっている。

「あなたが席を移動することはないわ。私が行った方が早いもの。私を見ていたのは、声をかけるタイミングを考えていたからなんでしょう？」

違うの？　とクリスティアナが不思議そうに確認すると、彼が口元に拳（こぶし）を当て、まるで自分に言い聞かせるみたいに「そうです」と答えた。

彼が椅子を引いてクリスティアナへ勧めた。

日頃使用人にもされていることなのに、なんだか胸がむずむずしてしまった。

「ここです」

彼の隣に腰を下ろすと、シリウスが目の前に置いた本のページに指を当てた。

クリスティアナは、模写されているその壁絵を覗き込む。赤い目に映り込んだ瞬間、頭の中でその文字が彼女の知る言葉へと形を変えた。

『我らリクーシャ族は、永久にこの約束を忘れない』

『戦いへ行く友へ、この祈りを捧げる』

『どうか無事に帰ってきて――』

頭にぶわりと流れ込んでくる言葉の海の中を、漂っているような感覚。

（ああ、大昔ここが国となる前のことだわ）

何度も読んだ歴史の一部を思い出しながら、クリスティアナは一度目を閉じた。こうして個人の記録を読むたび、残された文字とは貴重なものなのだと実感する。

「殿下？　大丈夫ですか？」

ふと、シリウスの声が聞こえて目を開いた。

目の前に、椅子の背に手を置いてクリスティアナの顔を覗き込んでいる彼がいた。近くに感じて密かに驚いた。

「え、と。大丈夫よ。読んだ歴史書を思い出していただけ」

クリスティアナは、その古語の翻訳を伝えた。それが残された歴史的な時期と、部族同士の戦いがあった出来事についても教えた。

「まさか切れぎれの字も読めてしまうとは、正直思っていませんでした」

椅子に座り直したシリウスが、感心した様子で口にした。

「確かに、形も崩れかけているのによく読めましたね」

ザガスも、テーブルの向こうから身を乗り出しページの絵を眺める。

「クリスティアナ王女殿下、この崩れた文字も読めてしまうあなたの『賢者の目』というものは、どういう感じなのですか？　文字を見ていたあなたの目を見る限り、魔法反応は見られなかったので実に不思議さが増したと言いますか」

「魔法反応？」

シリウスの言葉に、クリスティアナは首を傾げる。するとザガスが「確かに俺も不思議だと思いました」と言いながら彼女を見つめてきた。

「イリヤス王国の魔力持ちの人族の場合、魔力が使われると瞳に反応が現れたりするんですよ。たとえば光を帯びたり」

「そんな反応は聞いたことがないわね」

クリスティアナは、母の読書風景を思い返しつつ断言した。

「私達の『賢者の目』は、特異体質の一つだと考えられているの。なんと言うか、翻訳された言葉が頭の中に浮かんでくる、みたいな？」

「すごく便利ですね」

「そんなことないわよ。おかげで外国語の授業は聞き取りと会話だけだもの」

「あっ、そうか……」

ザガスが、今になって気付いた様子で言葉を切る。

「そうだとしても、文字において世界の壁がないのは大変な強みです」

シリウスが言いながら、本を持ち上げてページをぱらぱらとめくった。

「文字の読みづらさなどは翻訳に影響しないのも興味深い。道理で各国から翻訳協力依頼が来ていて、『文献の宝庫』とも言われているわけですね」

「そうよ。この国では、知られていない歴史はないの」

研究熱心な考古学者らによって遺跡は調査され、残された文字は全て翻訳が済んで、専門家による時代考察も終わっている。

しかし、国内では訳された書物も徹底して分類されていた。

エドレクス王国では、書物はランクが付けられている。所有している各機関で厳重に保管され、閲覧制限ありの書に指定されている書物も多くあった。

「へぇ、さすがは書物の都」

「厳重に保管されている、という部分が少し問題にもなっているのだけれどね。保管場所の責任者の個人所有みたいなものなの。一般に公開されても問題のない多くの本も、一部の高位学者のみしか見られない状態なのよ」

　それは国の『貴族制度と王政に学問を邪魔されない』という、かなり前の王による特例が原因だった。

　今では、書物を学者側が独占してしまう事態になってしまっている。

「どの派閥にも所属していない熱心な学者の卵や、庶民にだって広く読ませたいと思っても『原本が一冊あればいい』と所有機関が回答すれば、文章の写しさえ拒否できる状況なのよ」

「そんなことが学者グループで可能なんですか？」

　ザガスが目を丸くしている。

「ええ、残念ながら法律上可能なの。学者側の組織は大きくてそれぞれが力を持っていて、その門を開かせようとしているお父様達も苦戦を――」

　クリスティアナは、ハタと我に返った。

「ごめんなさい。変なことを話してしまったわ。それじゃ、引き続き楽しんで」

　はぐらかすように慌てて席を立とうとした。

　しかしシリウスに突然ぎゅっと肩を抱かれ、椅子に留(とど)められて驚いた。少し上を見れば、美しい白い髪と青い目を持つ綺麗な横顔がある。

「な、何……っ」

「何度も席を移動させるのは申し訳ないので、今しばらくここにいてください」

「……え？　つまり呼ぶ手間を省くため……？」

「次はこちらのページにある壁画の挿絵部分の翻訳も頼みたいです」

見惚れた自分がバカだった。

クリスティアナは、かぁっと赤面した。ほんの少しでも『何か意味があって引き留められたのでは』と乙女なことを考えた自分が恥ずかしい。

「おっ、おバカ——っ！」

「なぜいきなり『バカ』と言われるんですか？」

クリスティアナへ目を向けたシリウスが、綺麗な顔を若干顰める。

本気で分かっていないのだ。これくらい彼には朝飯前だということだろうか。

「な、なら口で言えばいいことなのっ」

薄っすらと赤くなった顔で言い返し、彼の手を肩から素早く外した。

シリウスが少し考えるように宙を見やり、なるほどとようやく理解したような顔をする。

「父王からはお転婆だと聞いていましたが、ダンスの件といい、殿下は案外初心でいらっしゃるんですね」

「お父様にそんなこと聞いたの!?」

「他にも色々と話されていましたよ。兄達と走り回って使用人を困らせたことだとか、スカートの下にズボンを穿いて後宮の木に登って護衛騎士を慌てさせるのも日常茶飯事で。確か剣術も軽くできるとか──」

「ひぃええっ、それ以上言わないで！」

クリスティアナは、恥ずかしさがピークに達して真っ赤になった。

この国では、姫や令嬢が活発的に動くなんてはしたないことだ。ましてや令息みたいに剣術を習うなんて、とんでもないことだった。二十歳になっても婚約さえしていないのは、きっとそのせいだと二人にも気付かれたに違いない。

「お父様から聞いたということは、ティーサロンで？　ということはザガスさんも同席していたのね!?　やだっ、なんて恥ずかし──」

「殿下っ、どうか落ち着いてください。俺は別に悪いことだとは思いませんよ」

「え？　……そうなの？」

クリスティアナは、濡れかけた大きな赤い目をぱちくりとした。けれどザガスは茶化すわけでもなく引き続き真面目な顔で言う。

「はい。イリヤス王国ではおかしなことでもなんでもないです」

「……じゃあ、たとえば私がイリヤス王国に行ったとしたら、乗馬を楽しむだけじゃなくて剣を握っても怒られないの？」

その時、隣から「ぷっ」と笑う声がした。

見てみると、シリウスが顔を横にそらして口元を手で押さえている。ちらりと見えた獣目が初めて自然に笑っていて、クリスティアナはいよいよ頬を朱に染めた。

「末姫は、噂にたがわずお転婆なじゃじゃ馬らしいですね」

「ほ、本気で怒るわよっ」

「失礼。悪い意味で言ったわけではありませんが、殴って気が晴れるのならどうぞ？　殿下が獣人族の強い肉体にダメージを与えられるという自信があるのなら、ですが」

どこか面白がって手を広げる姿も、色香が漂い美しかった。

それは営業用とは違う彼らしい表情だった。じゃじゃ馬だと言われる部分を、シリウスが微塵も悪く思っていないところにもキュンとしてしまった。

その風変わりなところを、少し『いいな』と思ってしまったことも恥ずかしい。

悔しくなったクリスティアナがムキになって言い返したら、またしてもシリウスは愉快そうに言い負かしてくる。

こんな男性、彼女は今まで会ったことがない。初めて兄達以外の人と言い合った。

「案外いい感じかもな」

その様子は見ている者達の目には仲が良さそうにも見えて、ザガスも止めに入らず、しばらく見守る方向で楽しげに眺めていた。

二章　じゃじゃ馬末姫は心揺れる

翌朝、家族との食事を終えてダイニングルームから出た。

正午には、エルベーナ大公夫妻との公務が入っている。そのあとには数件隣国から依頼があった賢者の目の資料読みの予定だ。

(彼も午前の一時以外は外交だし、私も合間にゆっくり読書ができそうね)

そうクリスティアナが思った時だった。

「姫様っ、国賓様であらせられる次期外交大臣様の方の件で、急ぎお願いが！」

幼い頃に『同年代の話しやすい子を』と末姫付きの侍女となったメアリーゼに突撃され、彼女から聞かされた内容に目を剥いた。

シリウスが、自室に大量の本を持ち込んでいるのだという。

先日から外交の合間に持ち込まれる借りた本の多さについては、使用人達も苦労していたようだ。

今日、部屋を掃除しようとした際、侍女長のアリエラが卒倒した。

それくらいにひどい状況であるらしいと聞いて、クリスティアナはメアリーゼにアリエラの介抱へ戻るよう指示し、早速シリウスの部屋へと向かった。

彼に与えられた部屋の扉は、開かれていた。

困ったように中を窺っていた騎士や使用人らが、クリスティアナに気付いて振り返る。

「これは、姫様」

「皆様お疲れ様です。メアリーゼから話は聞きました。国賓の方々を任せられたのはわたくしですから、彼についてはわたくしで対応いたします。そのあとで、部屋のことを」

「はっ。かしこまりました」

かなり嫌だったが、父に任されているのだ。

クリスティアナは意気込んで、有難がった彼らが空けた道を進んだ。しかし入室すると同時に、目に飛び込んできた本だらけの光景に思わず足が止まった。

「何、これ……？」

本が崩れない冊数ずつで積み上げられているせいもあり、広い室内は本の小山でテーブルも床も埋まっている有り様だった。

昔、自分が後宮に本を持ち込んだ時よりひどいかもしれない。

クリスティアナは、中央のカーペットに座り込んでいるシリウスを発見し、本を避けながら向かった。

「ちょっと。私のメイドから、どうにかしてくれと嘆願があったんだけど？」

「頼んだら王宮の図書室から持ってきてくれました」

膝の上に広げた本を眺めながら、シリウスがしれっと答えてくる。

没頭しているのだろう。幼い頃の自分と重なったクリスティアナは、当時アリエラ達もこんな気持ちだったのかもしれないと思いながら彼から本を取り上げた。

「きちんと話を聞きなさい」

「聞いていますよ、殿下。いきなり何をするのですか？」

溜息交じりに答えてきたシリウスが、やや不満そうに見上げてくる。

「それはこちらの台詞です。部屋中を本の倉庫みたいにしちゃって……」

「プライベートの時間を楽しんでいたのです」

（昨日も実感したけど、この人は、ああ言ったらこう言うっ）

「楽しむにしても、少々度を超えています」

黙らっしゃい、と言いたい気持ちをこらえてクリスティアナは言い聞かせる。

「この大量の本を図書室から持ってこさせたうえ、今の今まで読書に没頭していたわけ？」

「そうですが？」

立ち上がったシリウスは、何が悪いと言わんばかりの表情で襟を整え直す。

「殿下はご家族で食事中だと聞いたもので、もうしばらく読書していようと思って読んでいただけですよ。予定よりも早い到着に驚きました」

「だから、私のメイドから嘆願を受けたのよ」

やはり話をよく聞いていなかったようだ。本を取り上げて正解だった。

「図書室の案内は一時間の空きですると言っていたのに、あなたときたら……」

「殿下が、ここに付けるご自分の騎士らを使ってもいいとおっしゃっていたので」

「こんなに本を一度に持ち込まれたら、メイド達も片付けが大変です。それから、もちろん持ってくる兵や騎士もねっ」

しかし説教するクリスティアナをよそに、シリウスが室内を覗き込んでいる使用人や騎士達を見た。

「この三山は残して、他は下げていい。もう目を通した」

指示された騎士達が、戸惑いながらも腕に抱えて本を運び出し始める。使用人達も手伝いつつ、部屋の整理整頓と掃除にとりかかった。

クリスティアナは、その光景を呆れて見渡した。

「王女殿下」

「ん？　何……きゃあっ」

振り返った彼女は、正面に立っているシリウスに気付いて驚いた。

「もう図書室も開いている時間です。今日はそちらをご案内してくれる予定でしたから、早速行きましょう」

シリウスが部屋から出ようとするのを見て、慌てて後に続いた。彼が歩調を合わせてくれたから、隣に並ぶのは難しくなかった。

「とりあえず、大量の本を持ち込むのは禁止よ。分かった？」

「分かりました。二割減にできるよう善処します」

「それだとまだ多すぎますっ。半分以下にしてちょうだい」

「なぜです？」

答える彼は、前方を見据えたままでそっけない。人様の苦労を分かっていないみたいだ。

「本を運ぶ者も、そして部屋の整理整頓をするメイド達だって可哀想よ」

「それが彼らの仕事だろう」

雪みたいに綺麗な白い髪が、彼の長い睫毛にさらりとかかっているのも美しい。角度や動きで毛先は色合いの印象が変わり、つい視線を惹かれたクリスティアナは悔しくなったし、何より伝わっていないのがもどかしい。

「あのね、彼らにも本業があるの。たとえば滞在中の世話を任されている私が、あの大量の本の整理整頓をすることになったらと考えたらゾッとするわよ。だからあなたも、自分に置き換えて考えみてから――」

「それはだめだ」

突然シリウスが足を止め、クリスティアナを真っすぐ見下ろした。

「そんなことを君にさせるなんて、可哀想だ」

「だから、それを他の人にも置き換えて考えてみてと言っているんだけど……」

　クリスティアナは戸惑いながら教えた。本気でそんなことをさせられないと言った彼が、ハッと眉間の皺を解いて少し考える。

「気付かず申し訳ございませんでした。殿下がおっしゃりたいことを今になって理解いたしました、お詫び申し上げます」

「い、いえっ、そんなに改まって謝らなくてもいいのっ」

「それでは、どれくらいならいいのかお教えいただけますか？　目安を知りたいのです」

　シリウスが真面目な顔で確認してくる。

　本気で加減が分からないようだ。それにもクリスティアナは戸惑った。

「えぇと、そうね、たとえば一人でお使いに行ける量よ。それ以上はだめ。その時に読む分だけをお願いするの。そうしていただけると助かるわ」

「分かりました。もう大量に持ち込まないことを約束します。そうすれば、殿下も安心でしょうか？」

　これまでのやりとりはなんだったのか、シリウスがあっさり約束して、クリスティアナは疲労感を覚えた。

「ええ、そうね。それを聞いて安心したわ」

　案外聞き分けがいいのかどうか、ほんとさっぱり分からない人だ。

「それではいきましょうか」

彼がクリスティアナに触れない程度の距離で促し、丈の長いジャケットの裾を揺らして一緒に歩き出す。クリスティアナは、その距離がかなり気になった。

(随分近い気がするけど……気のせいかしら？)

見ていた者達も、彼女と同じ感想を浮かべた目で追いかける中――。

「あの人、何やってんの？　近くない？」

社交途中の移動で向かいの廊下から見掛けたザガスが、目撃者達が胸に留めている思いをズバッと口にしていた。

図書室へ入ると、午前中だというのにいつもより人が多くいた。

進んでいくクリスティアナとシリウスへ、貴族らが遠い距離からも敬いを示し一礼してくる。

普段より人が多いのは、シリウスが来る予定を聞き付けて見に来ているせいだ。

イリヤス王国で『獣目』と呼ばれている獣人族の、獣という印象が浮かぶ美しい瞳。そして国内では見たことがない雪のような白い髪も珍しい。

(それでいて、この容姿だものね)

周りの様子をこっそり窺ったクリスティアナは、ちらりと隣を見上げた。

さぞ当然の顔をして歩いているのだろうと思っていたから、不快そうに眉を寄せている彼が目に入って驚いた。

「『賢者の目』、ですか。殿下は随分大人気のようですね」

視線に気付いたのか、シリウスがそんなことを言ってきた。気のせいか、『大人気』の言い方に棘があるように聞こえた。

「みんな、あなたを見に来ているのよ」

見当違いの推測だと思って、クリスティアナは小首を傾げる。

けれど彼は納得しなかったらしい。珍しくすねたような表情を漂わせている。

「そうですか。なら、そういうことにしておきましょう。しかし横からかっ攫われでもしたらたまりませんから、すぐに本を受け取ってまいりますので殿下は動かないように」

「え？　取ってくるって？」

胸元のブローチを触りながらそう言ったシリウスが、クリスティアナの質問も待たずカウンターに寄った。受付員から手早く本を取って戻ってくる。

「予約済みだったの？」

「本を運ばせた時、ちょうど読み終わった本の後ろに目録があったのです。いくつか気になったタイトルがありましたので、伝言を持たせました」

するとシリウスが、クリスティアナの背に手を回した。

「行きましょう。随分人が多いのは想定外でした。君をじろじろ見るような連中のところに、じっとしていたくない」

クリスティアナが驚いている間にも、本音のような言葉も交えて、彼がやや強引にエスコートし先へ進むよう促す。

「えーっと……あの棚が新しく入荷したもので、こっちの棚が自伝、こちらの列には歴史ものがあって、そこが学会で発表された論文の――」

忙しなく紹介しながら、クリスティアナは彼と書架の間のテーブル席に座った。

シリウスが、むすっとした顔のまま早速一冊目の本を開いた。

(急に不機嫌になってしまったわ……)

戸惑ったが、しばらく好きな読書をしていれば落ち着くことを期待した。

後ろの棚にあった高名な絵師によって挿絵が描かれている植物図鑑を手に取った。向かい側からのページをめくる音を聞きながら、図鑑の絵を眺めて時間を過ごす。

「殿下は、植物が好きなのですか？」

ほどなくして、ふっと向かい側から美声が上がった。

目を上げてみると、リラックスした様子でシリウスが頬杖をついていた。機嫌の悪さは直ったらしい。クリスティアナは小首を傾げつつ、少しばかり考える。

「一番、というわけではないけれど絵で見るのも好きよ。挿絵を手がけているこの画家が協力した図鑑は、どれもとても素晴らしいの」

「なるほど。ピンポイントで手に取ったのは、殿下が内容を覚えていて、なおかつ書物の全てを把握しておられるから、なのですね」

ようやく腑に落ちた、という表情だ。

選んだところを見ていたらしい。バックファー王立図書館でも少し不思議に思っていたことを、ここにきて思い出したのかもしれない。

(意外と見ていたのね……疑問に思ったのなら尋ねてくれてもよかったのに)

彼に『緊張が抜けますよ』と言われてこうして話しているのに、彼の方が距離を置いたような口調であるのが気になってきた。

「殿下は、何か私に尋ねたいことはございませんか?」

「え? どうして?」

いきなりで驚くと、シリウスがまた何を考えているのか分からない表情でじっと見てくる。

「――いいえ、知りたくないのなら、別に」

綺麗な顔の表情に変化はないけれど、また不機嫌になった気がする。

(気難しいところがある人なのかも。野生の動物みたいな?)

すると、クリスティアナの心の声でも察知したみたいに、彼の綺麗な獣目が探るように細くなった。

「失礼なことを考えられた気がします」

「あなた、超能力でも持っているの？」

「私達にそんなものはありません。あえて言うのなら、獣人族はルーツになった獣の性質を持っていますので、たまに、かなり的を射た勘が働くことはありますが」

「あ、じゃあ『野生の勘』ね」

「殿下は、案外思ったことを口にするところもおありのようですね」

機嫌を損ねてしまったかもと思って、クリスティアナはすぐ詫びた。

「ごめんなさい。これまで使者が来た時も遠くから見ていただけだったから、実際に獣人族の方と話したのは、あなたが初めてだから」

なんと言えばいいのだろう。

ふと詰まってクリスティアナが言葉を考えていると、同じように少し思案の間を置いたシリウスが、やがて案を挟んでくる。

「『不思議でならない』？」

「そうね。うん、そう、私は不思議なのかもしれない」

促されて相槌を打つと、彼がなんだか面白そうに唇を引き上げた。

（あっ……自然体の笑顔だわ）

クリスティアナの胸が小さくはねる。仮面をかぶった貴公子か、冷ややかでクールな人かと思ったら、彼は案外色々な表情をする人だ。

シリウスが頬杖を解いて読書に戻る。

クリスティアナは、開いた植物図鑑の上に腕を乗せて、しばし彼を眺めた。

(やっぱり、とても綺麗な髪と目だわ)

彼の白い髪は艶やかで、光の当たり具合によっては一本ずつが日差しの下の雪景色みたいに輝いて見えた。獣を感じさせる青い目も宝石のようだ。

その胸元に輝く、瞳と同系色のブローチもよく似合っている。

正面からの視線なので気付いているはずだが、シリウスは『見るな』とも言ってこない。とても美しい男性なので、普段から見られることには慣れているのだろう。だから、こうしてクリスティアナが観察しても気にもしないのだ。

(ん？　それなら、さっきはどうして不機嫌になったのかしら？)

ふと疑問が浮かんだ時、彼の言葉が耳に蘇った。

『君をじろじろと見るような連中がいるところに――』

クリスティアナが注目されていると感じたから、不機嫌になったのだろうか。それは彼が、隣を歩いている自分を他の誰かに見られたくないと感じて……？

その可能性を考えた瞬間、クリスティアナは急速に顔が熱くなってきた。

(いやっ、彼のことだからそんなことは全然ないはず！)

慌てて頭の中に浮かんだ妄想を打ち消した。心臓がどくどくと大きな音を立て、じっとしていられず思わず本人に否定の協力を求める。

「あなたは一人占めしたいタイプでもなさそうだものねっ？　そうでしょっ？」

「……いきなりなんの話でしょうか？」

本から目を上げたシリウスが、秀麗な眉を寄せたのち、律儀にも考えるような間を置いてから丁寧に聞き直してきた。

確かに意味不明だろう。クリスティアナだって、なんで彼が周りに嫉妬するだとか考えたのか分からない。

「いえ、なんでもないの。ちょっと一瞬パニックになったというか」

彼の視線を受け止めたら落ち着いてきて、クリスティアナは気まずそうに話を終わらせた。

その様子を眺めたシリウスが「ふうん」と言って頬杖をついた。

「君は面白いな」

「んな……っ」

「いえ、失礼、ただの独り言です。先程からずっと百面相をしているなと思いまして」

彼の美しい獣目が笑い、口元が愉快そうに引き上がる。

読書をしていたかと思いきや、ばっちり目に収めていたらしい。見た目が美しいものだから、クリスティアナはじわじわと恥じらいに頬を染めた。

「あ、あなたねっ」

「それにいい加減、私のこともそろそろ名前で呼んでいただいてもいいのではないかと」

「え……？」

「殿下は、ザガスのことは夜会のあとからは名前で呼んでいるのに、私のことはずっと『あなた』呼びのままです」

指摘されて、彼の名前だけ出せずにいたことに気付いた。

どうしてなのかは分からない。一度だけ口にした『シリウス様』と再び言うことを考えたら気恥ずかしくて、クリスティアナは俯(うつむ)いてしまった。

「クリスティアナ様」

「ひぇっ」

急に名前が甘く耳を打って飛び上がった。

「プッ――そんなに驚かれるなんて、ほんとに初心(うぶ)なんですね。ほら、次は殿下ですよ。私の名前を呼んでみてください」

(彼、今、笑ったの？)

胸がドキドキした。見たくなっておそるおそる視線を上げてみると、本を下ろして楽しそうに待っているシリウスがいた。

愉快そうに細められた青い獣目の輝きに、ついときめいてしまった。

その美麗な顔に浮かぶ表情は、『きっと呼ぶ』と自信が溢れているみたいだった。

(そんなに、私に名前を呼んでもらいたいの？)

そんなのは、きっと気のせいだ。彼が『他人に興味がない』と言っていたくせに、必要以上にクリスティアナに関わろうとしているみたいに感じたから。

「シ、シリウス、さん」

「さんはいらない」

彼がテーブルに腕を乗せて覗き込んでくる。さらりと揺れる白い髪も心臓に悪い。

「わ、分かったわよっ。シリウス、そう呼べばいいのでしょう!?」

恥じらいをこらえるように咄嗟に叫んだら、書架の向こうにいた貴族達が、大きな声に反応したようにクリスティアナとシリウスの席を見た。

シリウスが、ひとまずのところ満足だと言わんばかりに笑った。

「よくできました」

「まったく、名前一つで……私のことはもういいから、本を読んだら？」

「君がそう言うのなら、そうしましょうか」

シリウスが本を持ち上げて足を組んだ。その姿勢だと顔が上がって、彼の獣目はクリスティアナの正面にあった。本の上から、じっと見てくる。

「読む気がないの？」

「ちょっとした休憩です」

さらっと言い返してくる。ああ言ったらこう言う……とまたしても思ったクリスティアナは、ふと、シリウスをじーっと見つめ返した。

「……そんなに見つめられると、穴があいてしまいそうなのですが」

自分から見てきたくせに、シリウスが本で顔の下を隠す。

「あなたも……シリウスも敬語じゃなくていいわ」

「え……？」

彼が、少し目を見開く。あまり表情には出していないが、驚いているようだ。

「あなたが私の名前を呼んで、私が『シリウス』って呼んだあとに会話したら、あなたの口調に違和感を覚えたというか」

「それは……」

「夜会の時、本当の私で話して欲しいと言っていたでしょう？　私も、本当のあなたと話してみたいと思ったの。それが、私があなたの名前を呼ぶ条件よ」

名前を呼ばれることにこだわりはないはずだし、全然〝交渉〟になっていないだろう。クリスティアナはそう思ったのだが、彼は真剣に悩む顔をした。

「君に名前を呼ばれないのは……嫌だな」

「え？」

「だから、交換条件というのなら呑もう。……やっぱり案外ずけずけと言ってくるな」

シリウスが、一本取られたという顔で軽く苦笑した。

まだ立場的なことを考えているのか、ぎこちなさはあった。けれどどうにか敬語を外して話そうという努力が伝わってきて、クリスティアナは心が弾んだ。

「じゃあ練習がてら、もう少し話しましょ」

「分かった。付き合おう」

クリスティアナのきらきらとした笑顔を見て、シリウスが苦笑し本を膝の上まで下げた。

「あなたって本ばかりね。他に好きなこととかないの？」

「他に好きなこと、か……」

シリウスが、背もたれに背を預けて宙へ視線を巡らせる。

「そうだな……普段は一人で本を読んでいるんだが、こうして君と話しているのは、案外好きかもしれないな」

クリスティアナは、意外な回答がきてうろたえた。条件反射のように椅子の背もたれにぴったり背をくっつけてしまう。

「そっ、そうやっておだてたって、その手には乗らないんだからねっ」

「おだてる？　話しかけられても、いつもの不快感を覚えないからそう答えた」

それだけなんだが、とシリウスが少し不思議そうに首を傾げる。

つまり本心からそう口にしたらしい。クリスティアナは、唖然としてしまった。この敏腕外交官は、意外と正直さもある人なのだろうか？

「そ、そうなの。結構ストレートに答えてきたものだから、ちょっと動揺が……」

「信じられない？　君に嘘は吐かない。僕は集中を妨げられるのは嫌いで、一人行動派だ。群れるのを好まない種族でもあるからそうなんだろう」

つらつらと自分のことを語ってきて、クリスティアナはまた少しびっくりしてしまう。

「群れるって……一人でいるのが好きってこと？」

彼の美しい青い瞳を見つめ、獣っぽいなと思いながら尋ねると、彼がまたしてもじっと見てきた。

「そう受け取ってくれても構わない。獣人族は、ルーツになった獣の性質が反映される。僕の種族は『白虎』だ、一頭で行動することで知られている」

「白い虎なの？」

とても彼のイメージに合っている気がした。美しい白い髪を目に収めていると、シリウスが持っていた本をテーブルに置き、手を伸ばしてきた。

「君らの知る虎とは種類が違う。古代種の『白虎』と言われているモノだ。そして——その種族は、滅多に伴侶だって見付けない」

シリウスの指先が、そっとクリスティアナの金髪を絡め取った。

それを認識した瞬間、肌に触れられたわけでもないのに身体が熱くなった。

「あのっ、そういえば近くない？」

慌ててそんなことを言って身を引くと、ようやく自分がテーブル越しに身を乗り出していることにでも気付いたように、シリウスが動きを止めた。

「……そう、だな。すまない」

不思議そうに自分の手を見つつ、彼が座り直す。

クリスティアナは、ばくばくする胸に手を当て素早く落ち着けにかかった。

（びっ……くりした。嫌になるくらい綺麗な男だわ）

近付かれたのも不快感がなくて、その髪と目に見惚れてしまっていたことを自覚すると、かなり恥ずかしい。

きっと、彼はモテるし女性に慣れているのだろう。

そう無理やり自分を納得させることにして、赤面する前に頭の中から追い出す。

「正午前には、別件で出ているザガスさんと合流して外交仕事でしょ？　それまで好きなだけ読書してちょうだい。今度は邪魔しないわ」

部屋で本を取り上げたことを出して、肩にかかった金髪を手で払いクリスティアナもきちんと座り直した。

彼が本を手元に構えながら、じっと見つめてきた。読む姿勢を整えたものの、しばらく視線をそらさなくてクリスティアナはたじろぐ。

「な、何よ」

「撤回しよう。案内役を頼むために、王の間の一件とそのあとの言葉で、君を怒らせたことについて」

唐突のことできょとんとした彼女は、すっかり忘れていた出来事を思い出した。

「お父様を納得させるために『美しい』と口にしてたことね。もういいのよ、初めから全然気にしていないから」

するとと彼が、生真面目な顔で小さく首を横に振った。

「だから、僕は〝君に『嘘だ』と言ったことを〟撤回したいんだ」

「え……？」

「君は、確かに美しい」

サファイヤのような獣目で見据え、シリウスがそう言った。

真っすぐ向けられている真剣な目。嘘偽りないとする真摯な表情――クリスティアナは、今度こそかぁっと赤面してしまったのだった。

◆

ほんとに、いちいち行動が見えない人だ。

美しいと思うのは事実だ、と彼は急に肯定してきた。意味もなく髪に触れたり、思い出したみたいに真面目な顔でそう告げた真意が見えない。

その日の家族での夕食の席でも、クリスティアナはもんもんとしてしまっていた。

(冷たいと思ったら、妙に優しいところがあったりしてよく分からない人だわ)

やたら頬が熱くなりそうになるのも、その前にあった不機嫌になった時のシリウスの意味深な台詞もあった。彼がクリスティアナの姿を独占したかった……とか、とんだロマンチックな妄想をしてしまった。

(いやいやいやっ、そんなことないはずっ)

気を紛らわせるようにどんどん食べていく。そばに付いているメアリーゼが、腹を心配したように給仕に頼んでグラスの水を入れ替えた。

先日後宮に残っている婚約者持ちの妹達と再会し、子持ちの姉達も一緒になって大好きな恋愛話で盛り上がっていたせいだろう。

「クリスティアナ、今日は随分と威勢がいい食べっぷりだね」

「ごほっ」

とろけまくった父の声に、食べ物を吹き出しそうになった。

同席していた四人の姉と二人の母達が、「まぁ」と口元に手を当てる。まだ滞在している二人の兄は、自分達の妻を連れて長男と共に公爵家のパーティーに出かけていた。

「クリスティアナったら、お行儀が悪くってよ」

「あなたも、注意するくらいの態度は少し見せませんと」

「しかしだな、いつ見ても可愛らしくって」

第一王妃に困ったように微笑みかけられて、父はまたしても照れたように笑った。

メアリーゼが、そばからすかさず対応に当たってくれる。クリスティアナは口元を拭われながら、大丈夫だからと説明した。

立派に王を務めている父も、プライベートになると子供を溺愛する一人の父親だ。

家族内であれば、クリスティアナ達も楽にしていた。何歳になっても子へのデレっぷりが収まらない父には少々困ってもいるけれど。

「ティグリスブレイド殿――シリウス殿と仲がいいらしいとは聞いている。交流を深められているようで良かった。午前中は、部屋でも賑やかだったそうだな」

「お父様、彼は少々問題があって『持ち込む本の数を制限して』と注意しただけよ」

水で口を潤したクリスティアナは、誤解だと即答した。そばで三才違いの姉が目を丸くして口を開く。

「クリスティアナ、そんな風に意見すると殿方みたいよ」

「そうですわ、シリウス様に嫌がられますよ」

その彼が、この喋り方で『いい』と言ってくれているのだ。

言い返そうとしたクリスティアナは、くすぐったい気持ちがした。続いて、まるで心でも読んだみたいに父から言われて驚く。

「そうかそうか。シリウス殿は、そのままのクリスティアナを好いてくれているのだな」

好意を抱かれているという言葉は予想外だった。けれど、ふと、図書室で話していた時のことが脳裏を過ぎる。

(……もし本当に、少しでも好いてくれているのだとしたら?)

その可能性を考えると、じわじわと顔が熱くなってきて慌てて頭から追い払った。

彼はただ案内させるのに都合がよくて、クリスティアナが『賢者の目』も持っていたから指名しただけだ。

「お前にとっても、いい相手ではないか?」

「そ、んなことは……」

シリウスに好意を抱かれていると勘違いしている父達を前に、言葉が詰まる。

お転婆な女の子は、この国では非美徳とされてモテない。

けれど叱り付けても、シリウスはかえって『面白い』とまで言ってきた。今日素の口調の彼と話した〝お喋り〟は、とても楽しかった――気がする。

互いが気を楽にして言葉を交わしている時間を、クリスティアナは心地よいと感じていた。

「……べ、別に、彼だけが特別だというわけではないのよ。ザガスさんと同じくらい仲良くお喋りをしたり……そうっ、友人よ！」

あのシリウスのことだから、きっと同じく、国同士の友好関係を思って『もっと仲良くしましょう』という意味で名前呼びを言ってきたのだろう。

（うん、きっとそうね。深い意味はないわ）

クリスティアナは末姫として、王家を代表してイリヤス王国の次の外交大臣と、今後人族貴族の代表として外交を担っていくザガスと友好を深めているのだ。

「私達は友人になったの。だから、いい相手とかそういうのではありません！」

力強いクリスティアナの主張に母達は顔を見合わせ、父もうーんと首を捻る。

「そうかい？　でも、彼の方は気があると思うのだがなぁ」

そう思っているのは父達だけだ。聞き流すつもりで座り直したクリスティアナは、直後の父の言葉に激しく取り乱した。

「もしシリウス殿が求婚してきたとしたら、父はしっかり協力するつもりでいるから、安心して欲しい」

「き、求婚!?」

（シリウスが私を好いているだなんて、まさか）

それはない可能性だ。それなのに『美しい』という彼の評価が頭を過ぎった瞬間にさっと頬を染めてしまったクリスティアナは、急ぎ退席を申し出て食事の席を離れた。

◆

父が変なことを言うから、この三日間は変にシリウスを意識してしまった。

国内の有力者と話し合いの席に着く合間の案内、そして同じ会場での社交で顔を合わせるたび、クリスティアナは落ち着かなかった。

彼は交渉事だけでなく、商談や社交も上手だ。

冷ややかでとっつきにくい雰囲気を漂わせているのに、ひとたび仕事モードになると、微笑を浮かべて相手の信頼を勝ち取る手腕も本物だった。

（……私だけもやもやして、バカみたい）

美しいと口にしたシリウスは、その前と変わりがなかった。

四日目に、意識するのに疲れて本当にそう思っているのか考えるのをやめた。

「エドレクス王国の識字率の高さには、本当に驚かされるな」

「確かに。庶民への教育が徹底して行き届く仕組みは、最先端を行っているでしょうね。しかも勉強の一環ではなくて、進んで借りに来るのもさすが国民性、と言うべきか。本を抱えているあの子達、どう見てもまだ五歳かそこらでしょう」

バックファー王立図書館の正面通路を進みながら、シリウスが走っていった子供達の背を目で追う。ザガスも感心しきりでそう言った。

それを聞いたクリスティアナは、誇らしい気持ちが込み上げて嬉しくなる。

「王都にかぎらず、全地域で字の読み書きができない子はいないわ。学ぶことに身分差の苦が出ないよう教育制度が整えられているのです」

得意げなクリスティアナを見て、ザガスが友好的に笑った。

「教育では右に出る国がいない、というのはまさに事実でしたね。まさか王都民全員が『公共図書館を日常的に利用する』なんて、驚異的なアンケート結果です」

「確かに僕も驚いた。家族構成に対応した制度も、かなりしっかりしている」

先日、シリウスとザガスの方で庶民教育の委員会への公式訪問があった。

その際、二人は国を知りたいということで彼らに協力を新たに要請。そして委員会は、快くアンケート調査を受け負った。

「こういった部分を確認するためにも、実際に歩いて見てみないとな」

シリウスがそう言った。

確かに、それは素晴らしいことだ。……でも彼らを案内するようになって数日、クリスティアナはちょっと思うところがある。

仕事もバッチリこなしているし、国のことを知っていく手腕にも無駄がない。

（でも彼、せっかくそうやって空けた時間を、本巡りに使っているのよね……）

本日の午後、ようやく外交会談で空いた時間があったが、シリウスの希望でまたしてもバックファー王立図書館へ行くことになった。

「彼が何を考えているのか、全っ然分からないわ……」

入館し、今度は奥側寄りの閲覧席に着いた。シリウスが席を離れたタイミングで、クリスティアナは姫としてアウトだがテーブルに突っ伏した。

美しいという言葉に悩まされている日々が無駄だったと悟って、なんだか余計に疲れた。

「せっかくの空き時間だから、散歩がてら観光名所を見る方がずっと楽しいと思うんだけど……」

「いつも付き合わせてしまっていて、すみません」

テーブルを挟んだ席から、ザガスが申し訳なさそうな笑みで答える。

「あなたが悪いわけじゃないわ。いいの、それに私は滞在の間の面倒見を任された〝ただの案内係〟だから」

勝手にドキドキしてしまったクリスティアナが悪いのだ。シリウスが指名したのは、王族という立場と『賢者の目』を持っていることが都合良かったためだ。

「なんか……棘を感じますね。苛々していらっしゃいます？」

「全然。シリウスとは〝仲良く〟させてもらっているわ」

「まぁ、うん、言葉遣いからも打ち解けた感じは伝わってきます、はい」

それじゃあ気のせいなのでしょうと、はぐらかすようにザガスが目を泳がせた。

案内を一任されたことに関しては、陛下の決定と人選は正しかったと城内外でも噂になっていた。

シリウスとザガスが国をよく知ってくれているからこその外交会談は、かなり高く評価されていた。城の者達からは、私室に大量の本を持ち込まなくなったとも感謝された。

クリスティアナとしても、結果として父のためになっているのなら嬉しい。

「そういえば、大量の本の持ち込みのあと『二階の図書室を深夜使っている』と報告を受けたのだけれど、無害だから放っておいていいと伝えておいたわ」

「あー……ほんと、すみません。俺もいました」

それをお怒りなのかと推測したのか、ザガスが追って詫びてきた。

「それに関しても別にいいの。どうせ彼に巻き込まれたんでしょ？　それにあそこは私達家族のプライベート空間の一つだから、宿泊している客人が使ってもいいのよ」

その時、シリウスが戻ってくるのが見えた。片腕にかなりの冊数の山を築いていて、周りの者達がざわついている。

（確かに、すごい光景ではあるものね……）

ザガスと二人、そちらを覗き込んでクリスティアナは沈黙した。

分厚い本を高々と積み重ねた状態で、平気で歩いてくるシリウスがおかしいのだ。支柱の件を一時忘れそうになっていたが、彼はかなりの〝力持ち〟であるようだ。

途中、シリウスが通路上の棚の前で足を一度止め、もう一冊積み上げた。

「……ん？　今の棚って、歴史物じゃなくて古典文学の考察書じゃない？」

思わず呟くと、ザガスが驚き交じりに目を向けてくる。

「殿下は分かるんですか？」

「棚の位置、分類は全て把握しているわよ。でも彼、古典文学は専門外よね」

「それは……おっと重そうですねシリウスさんっ、どうぞ！」

ザガスが、わざわざ椅子を引いてシリウスを迎えた。

はぐらかされたような気がしたが、クリスティアナは目の当たりにした本の量に驚く。

「また結構な量を取ってきたわね」

「そうでもない。ここにいる間に読める量だけだ」

（……これ、全部？）

呆気に取られたクリスティアナの向かいに、シリウスが腰かける。

彼が、早速一冊目の辞書ほどもある古い本を開いた。目次からチェックし――その本は、途中のページから読み込み始めた。

（あれ？　もしかして、何か探している？）

彼は内容をピックアップして読んでいる印象もあった。研究していると言っていたし、何かテーマがあって調べていたりするのだろうか。

「殿下、俺の方で何かご本をお持ちしましょうか？」

「え？　ううん、大丈夫よ。後ろの棚から適当に取るから」

シリウスは挿絵に古語があるとクリスティアナを呼んで翻訳を求めるので、読んで熱中してしまう〝未読の本〟はなしだ。

「ザガスさん、気にしなくていいのよ。あなたは騎士ではないのに」

思わず「ふふっ」と笑ったら、彼が苦笑して頭をかいた。

「申し訳ない、これでも騎士なもので」

「ああ、そういえば部隊に所属しているのよね。嫡男で軍籍があるのは珍しくないの？」

「うちの国は、獣人族が戦闘種族ですからね。令嬢も剣の心得がある者はいますし、獣人貴族だと嗜（たしな）み程度どころか、かなり強いです」

「令嬢も剣を？　もしかして馬に乗ってもいいの？」

「そりゃもちろん」

クリスティアナは少し羨（うらや）ましくなる。王侯貴族の女性が馬に乗るのはだめだと母達も手厳しく、後宮ならと父に許しをもらって兄達にこっそり乗馬させてもらっている。

成人してからは一層忙しく、公務もあってなかなか機会もこない。

「ここから、イリヤス王国は遠そうね」

思わず羨望の声で呟けば、ザガスがうーんと考える。

「そうですね。でも俺達は荷物を先に送ったのち、馬を替えながら近くの合流地点まで単騎で飛ばしてきましたから、それなりに短縮はできましたが」

「えっ、それすごく面白そう」

「え？」

クリスティアナは、ザガスの視線が向くと同時に口を手で押さえた。

まずい、つい本音がこぼれてしまった。そう思った時、シリウスがおもむろに一冊の本を手に取り、ザガスの横っ面に押し付けた。

「喋っている暇があったら、君も手伝え」

「本をぐりぐり押し付けてこないでくださいよっ！　なんなの、その距離感を間違えた感じの申し出は⁉」

「君にはこれで十分だ」

「ひどい！」

続いて表紙側で頭をぐりぐりされたザガスが、涙目で悲痛な声を上げた。

（ザガスさんは、彼が調べているテーマを知っているみたい）

気になったものの、見ていられずクリスティアナは身を乗り出して、シリウスから本を取り上げて止めた。

「やめてあげて。こんなに頑張っているのに」

「外交の地位で言えば、僕の方が上だ。年齢でもね」

「いえ、いいんですよ殿下。俺、いつもこんなんスから……」

「そう卑屈っぽくなっちゃだめよ。あなたは立派よ」

　クリスティアナは本を返した。シリウスはそれを武器にしなかったものの、今度は不満顔で身体を寄せてザガスを押した。

「ちょ、シリウスさん邪魔っ」

「すまない。手が滑った」

「手!?　身体が半分こっちの席に来ているんですけど!?」

　所々に『静かにしましょう』と書かれた館内で、二人のやりとりが目立った。

「ちょっと。二人ともやめなさいっ」

　クリスティアナは、立ち上がり二人を仲裁した。

　周りから見ていた者達が「さすが末姫」と感心しきって見守っている中、クリスティアナは棚から図鑑を取ってテーブルの向こう側へと向かう。

「分かった、私があなた達の間に入るわ。翻訳して欲しい部分も出てくるでしょうし」

　シリウスは文句を言いたげな表情をしたが、クリスティアナは構わずザガスに席を譲ってもらい、彼はその隣へ着席する。

「知りたい部分があったら言ってね。教えるわ」

「分かっている。あったら声をかける」

むすっとした声で答えたシリウスが、テーブルに置いた本を見ながら頬杖をついた。その頭と肩がクリスティアナの方へ寄った。

（なんだか近いわ……）

今にも肩に触れそうな白い髪、そして横顔からは彼の長い睫毛も見えた。

最高級の宝石みたいな美しい青い獣目がすぐそこにあって、クリスティアナはどぎまぎしてしまった。

気のせいなのかもしれない。彼が体勢を楽にしたせいでそう感じるのだろう。

緊張を覚えたのも束の間、近くから見る獣目の美しさに感動してしまった。特等席なんだなと思ったら、得した気分になって本を開く。

「……いや、あきらかに近すぎない？」

二人の隣から窺っていたザガスが、戸惑い気味にこっそり呟いた。

それからシリウスとザガスが、手分けして本に目を通した。クリスティアナは合間に翻訳を挟みつつ図鑑を眺めていた。

心地よさに時間を忘れ、あっという間に時が過ぎていった。

「そろそろ時間よ。迎えが来るわ」

再読を決めて図鑑の貸し出しの手続きを済ませたのち、クリスティアナはシリウス達に声をかけた。

「ああ、もうこんな時間か」

シリウスは今気付いたという顔だが、ザガスは途端にテーブルに突っ伏した。

「ようやく解放される……」

ぐったりとしたザガスの様子からは、せっかくの余暇なのにと心の声が聞こえる気がする。

（やっぱり、何かを調べているみたいね）

「シリウスさん、こんなのにクリスティアナ王女殿下を付き合わせるとか、あんたには申し訳なさがないんですか？　退屈すぎて死にそうになりますよ、きっと」

ザガスが、げんなりと頭を起こしてシリウスを見た。

「それは考えていなかったな」

クリスティアナは本が好きなので、そんなことは思っていない。

「いいのよ、私は案内役で付き合っているんだから」

「いや、ザガスの言う通りだ。観光地案内でも、どこか足を運んで一息吐きたいのなら行きたいところに付き合おう」

「え？　ううん、そんなのは全然いいの。この通り案内役は嫌に思っていないし、私も自由に出歩けて都合がいいから」

最強の獣人族と治安部隊員なので、護衛も免除だ。いつも人目を盗んで外出を楽しんでいたクリスティアナには、特典のように嬉しいことだった。

初めは面倒に思っていたのに、今は『楽しい』なんて変な感じだけど。

こうして気軽にシリウスと話せるようになってから、彼女自身楽しみな時間になってもいた。

「でも、そうね。付き合えない日を考えると申し訳ないかも」

クリスティアナは、考えてふと気付く。

「私も公務があるから、一日中付き合えない時だって出てくるだろうし」

「殿下、めっちゃいい人ですね。シリウスさんの本巡りを全然苦にしていない……」

「個人的にも文章を読むのが好きなのよ。もし私の都合がつかなかった時には、誰か代わりの案内を付けるわね。そうしたら外の本巡りもいつだって好きな時に行けるわ」

そう言って本の片付けを手伝おうとした時、突然腕を掴まれた。

「それは嫌だ」

驚いて振り返ると、立ち上がったシリウスの強い獣目とぶつかった。

「僕は、君以外の案内は受けない」

「え……？」

聞き間違いかと思った。けれどクリスティアナが赤い目を見開くと、彼は伝わっていなかったと感じたのかもう一度断言してくる。

「君でなければ、僕は嫌だ」

そう告げたシリウスが、不意にパッと手を放した。顔をそむけて本を片付けにかかる。

「とにかく、そういうわけだから。ザガス、君も片付けを手伝ってくれ」

「はいはい」

早速一山の本を抱えて、ザガスが駆け出した。シリウスは一度もクリスティアナを見ないまま、残り半分の本を抱えて向かう。

馬車で迎えに来た護衛騎士がやってきた。

「殿下？　いかがなされましたか？」

呆然（ぼうぜん）としている彼女に気付くと、心配そうに確認する。しかし、伺う声もクリスティアナの耳を素通りしていった。

「……はい？」

クリスティアナはだいぶ遅れて、困惑の声を口からこぼした。

◆

眠りに落ちると、シリウスの意識は過去へと飛んだ。

以前クリスティアナの口から『絵本を読んだり』と出たせいだろう。四歳になる前、二人で大きな絵本を広げて一ページずつ交代でめくっていった日々の夢を見た。

あの日は冬だった。

じっとしていられる性分ではなかったシリウスと、双子の弟――ルキウスは、窓からの雪に気付いた途端にそこから外へ飛び出していた。

「ルキウス、また降ってきたぞ！」

「兄さん見て！　上からどんどん降ってくるよ！」

ルキウスが、獣耳に当たる雪をぴくぴくっと弾きながら笑顔を見せた。

同じ顔をした二人。

でも、性格はだいぶ違っていた。入れ替えっこは二人のお気に入りの遊びだったが、ルキウスは嘘が苦手で、いつも『変な兄バージョン』を見せてシリウスを笑わせた。

「結構積もったな～」

「予想以上に積もったね～」

まだ踏み跡もないふかふかの雪の上に、仰向けに横たわった。

寒さに強いわけではなかったけれど、同じ防寒具を着込んで、同じ手袋をして、そして手を握り合えば寒さなんて感じなかった。

「虹色の魚がいる湖があるんだって。いつか、兄さんと見に行きたいな」

「つつくと色が変わる花もあるみたいだ。この前、父様の持っていた本に書いてあった」

「世界は勉強のしがいがある『知らないこと』で溢れているんだね」

「うん。すごいよな」

二人分の白い息が、空へと上がっていくのを眺めていた。静かに降ってくる雪が、彩度の違う二組の紺碧の獣目にきらきらと綺麗に映った。

「二人で見たいものが、たくさんあるね」

「年が明けて春になったら、父様にお願いして遠出してみようか」

シリウスが提案すれば、ルキウスが同意するように笑顔を弾けさせた。

「だとすると、長期旅行になるね」

「二人で行けば、どこだって怖くない」

「うん」


いつか二人で一緒に、たくさんの場所や物を見るんだ……。


そんなことを話していた日が、だんだんと遠くなっていく。

シリウスは、ふっと目が覚めた。ソファのクッションに背を預けたまま、腹の上に本があることを確認し、獣目を細めて室内を見やった。

いつの間にか寝てしまっていたらしい。もう外は朝だった。

獣の聴覚が、窓の向こうから鳥のさえずりや人々の活動の声を拾う。また幼い頃の夢を見てしまったのは、昨日彼女にかけた言葉が重なったせいだろう。

『ルキウス以外とだなんて、僕は嫌だ』

一緒に暮らしていた頃、シリウスは口癖のようによくそう言っていた。

引き離されたくなかった。一緒にいたかった。

五歳の事件からしばらくの間は、目を離した隙に誰かが彼を地下牢か、遠くへ連れていってしまうのではないかと恐れていたものだった。

だから、昨日クリスティアナの手を掴んだのは、全くの想定外だった。

『彼女以外は、嫌だ』

そんな衝動が心から込み上げ、勝手に手が伸びた。

シリウスはそれを思い返し、前髪をくしゃりと握った。

「……弟と同じくらい大事だなんて」

そんなの、あるわけがない。

しかし残念ながら、初めて王の間でクリスティアナを目にし、それから言葉を交わしていく中で徐々に確信へと変わり始めてもいた。

——普段家族に見せているような顔で、話して欲しい。

――名前で呼んで欲しい。

そんな抗えない思いから、必要以上に彼女に構ってしまっている。

シリウスは、一緒にいられなくなった弟のためだけに頑張っていた。伝書鷹だけが、離ればなれになった今の二人を繋いでいる。

いつでも、手紙が来るのが待ち遠しくて……。

離れて頑張ると決めた日、両親から贈られた同じブローチに触れた。濃さに若干違いのある二人の目の、ちょうど間の色をした美しいサファイヤの宝石だ。

その輝きを見ていると、いつも心が落ち着いた。同じ空の下で、きっとルキウスもこのブローチを見ているだろうと思えるからなのかもしれない。

その時、聞き慣れた羽ばたきを獣人族の耳で拾った。

(ようやく、来た)

シリウスは瞬時に身を起こした。足元にあった本がバサバサと崩れるのも構わず、駆け寄って急ぎ窓を開ける。

向こうの空から、待ちに待った手紙を持ってくる鷹の姿があった。

◆

バックファー王立図書館から帰ったその日、クリスティアナはベッドに入っても胸がバクバクし続けていた。

(彼、私じゃなきゃ嫌だと言ったわ)

何度も思い返した。聞き間違いではなく、シリウスは子供みたいに、『クリスティアナの案内以外は受けたくない』と言ったのだ。

就寝に就くまで挙動不審だったのがバレバレだったせいだろう。

翌朝、メアリーゼ達が朝の支度を手伝いながら、心配そうに言った。

「毎日暇があれば国賓様のご案内だなんて、大変ですわ。きっと、昨日はすごくお疲れがたまっていらしたんですね」

「昨夜もしっかりエステいたしましたのに、まだ疲労感がお顔に――」

「いえっ、そんなことはないから大丈夫っ」

シリウスのことを考えていたから全然眠れなかった、なんてひどく情緒的に思えて絶対に言えなかった。

メアリーゼ達は、案内役のことを何やら色々と言っていた。姫がすることじゃないとか、男性みたいに活動的に行動されるだなんて……とか散々言っていた気がする。

でも、どれもクリスティアナの心には響かなかった。

「だって……彼、私だけがいいって」

口にしたらニヤけそうになる。　シリウスの顔を思い浮かべると胸は高鳴り、今日の午前中の二時間だけの案内予定が待ち遠しい。

（なんだろうコレ？　すごく気持ちいい感じでドキドキしているわ）

「姫様？」

慌ててクリスティアナは部屋を飛び出す。

「なんでもない！　私、ザガスさんとシリウスと会う約束があるから、行ってくるわねっ」

後ろから、メアリーゼ達が護衛騎士を捕まえて「シリウス様を呼び捨てに！」と勝手に期待と妄想と膨らませて、きゃーきゃー騒ぐ声がした。

いつもなら、何かしら否定の言葉でも言い返しているところだ。

けれど余計に顔が熱くなって、鼓動は速まるばかりだ。

（彼、また読書に耽って待っていたりするのかしら？　それとも、時間が合ったザガスさんをいじっているのかも――）

背中で長い金髪を躍らせて部屋に向かう。　とにかく彼に会わなくちゃと、クリスティアナは身体が心に突き動かされた。

急いで会ったところで、どうするのかなんて決めていない。

（でも、二時間で外の図書館に行きたいと言われたら、待たせられないし）

そんな言い訳のような言葉が浮かぶ。

会ったら、彼に『案内役に選んだのは、他にも何か意味があったのか』と尋ねてみたい気もした。しかし緊張が込み上げ頭を振る。

（そもそも、異性として好感を覚えているとかシリウスに限ってないはずだしっ）

この前の『美しい』という発言だって、彼はなんとも思っていなかったみたいだった。引き続き案内担当をして欲しいから、仲直りであんなことを言っただけかも――。

「まずは落ち着くのよ。平常心よ！　……あら？」

シリウスの部屋の扉が開かれていて、掃除担当のメイド達が出入りしていた。騎士と兵が本を持ち出している。

「あ、姫様。今日のご案内はなしになったようです」

気付いたメイドの一人にそう言われ、クリスティアナは戸惑う。

「何かあったの？」

「宰相様の使いがまいりまして、外での会合に参加することになったのだとか」

そんな話、昨日まで聞いていたスケジュールにはなかった。

「確か、ザガスさんだけが参加すると聞いていたけど……」

「あの、もしかしたらなのですが、他の用のついでにそちらの用をすることにした可能性があります」

集まってきたメイドの一人が、おずおずとクリスティアナに申し出てきた。

「どういうこと？」

「実は、ティグリスブレイド次期外交大臣様は手紙を持っていたのです。湯浴みを手早く済ませて、すぐ『急ぎの用』とだけおっしゃって嬉しそうに飛び出していったのですわ」

「う、嬉しそうに？」

あのシリウスが彼女達にも分かるくらい胸を躍らせていたなんて、クリスティアナには想像もつかない。

見ていた騎士達も『嬉しそうに』と言ったメイド達の感想に同意してきた。どこへ行くのか慌てて確認したところ、シリウスは走りながら『手紙の返事を出す』と口走ったのだとか。

「用件も言わず外出されてしまうのも初めてで、わたくし達も戸惑っていたところ、そのあとで宰相様からの使いがまいったのです」

つまり、部屋を出た時には宰相との予定は入っていなかったのだ。

もしかしたら返事を出す時間を作るために、先に宰相らと礼拝堂を見に行く予定だったザガスと急きょ合流したのではないか。

（手紙？　いったい誰からの、どんな手紙だというの⁉）

うまく案内をかわされたような心境になったクリスティアナは、胸の熱も冷めて呆然と立ち尽くしていた。

この国まで、彼に手紙を送ってきた相手がいる。

翌日の正午過ぎ、クリスティアナは茶会用の盛装で宮殿の図書室にいた。両手で頬杖をついて、本を広げるシリウスを正面からじーっと観察している。

(この彼が表情にも嬉しさを出して？　全然想像がつかないわ)

昨日の午前中のことについては、急きょ予定が入ったことを詫びられた。しかし、あれは取ってつけた理由だと彼女は勘ぐっていた。

彼が読書の予定を削ってまで、手紙の返事を出しに行った。

その相手が誰なのか、クリスティアナは大変気になった。あとから話を聞いたらしいメアリーゼは、自国の恋人か外交で関わった外国の令嬢なのではと、冗談交じりで言っていた。

(その可能性が一番高そう。だってこんなに美しい男性だもの)

雪を思わせる艶やかな白い髪、鮮やかな青い獣の瞳。すっと通った鼻筋の下には、きゅっと引き結ばれた唇——。

無表情で本を眺める姿も絵になる、絶世の美男子だ。

彼は二十六歳。次の外交大臣になることも決まっている。まだ婚約者がいない方が不思議なのだ。

つまり、個人的に付き合っている女性がいてもおかしくはない。

そう思ってクリスティアナが悩み込んだ時、シリウスが眉を寄せて溜息を吐いた。

「かれこれ一時間は睨まれている気がするんだが、――なんだ？」

「い、いえっ。なんでも」

反射的に誤魔化した。シリウスが、疑い深くクリスティアナを見る。

「ほんとに？」

「ただ見ていただけなのよっ。ほら、あなたって絵になるから」

慌てて顔の前で手を振って伝えたら、彼が「ふうん」と悪くなさそうに言った。機嫌が少し良くなったようにも感じた。

（ううん、元々朝から機嫌がいい感じもあったのよね）

それについても疑心暗鬼になっていたのに、クリスティアナはいつの間にか、彼の美しい獣目を純粋に堪能してしまっていたのだ。

「だってあなたの獣目、いつまでも見ていたいくらいにとても美しいんだもの」

クリスティアナの唇から言葉がこぼれ落ちた。

考えてみると仕方がないことだった。見るたびに、そのサファイヤのような獣の瞳に心を奪われてしまう。

獣人族の特徴的な目を怖いと言う者もいた。けれどクリスティアナは、神秘的でとても美しいと思った。

それから、そのミステリアスな瞳の色によく合う、美しい白い髪だって——。

「僕の目が？」

「——あっ。ごめんなさい、じっと見られるなんて嫌よね」

尋ねるシリウスの声で、美しいと口に出してしまったことに気付いて慌てて顔を伏せた。

(本人を前に正直に伝えるなんて、私はバカなの!?)

恥ずかしい。気を抜きすぎだ。しかしクリスティアナを追うように、彼が向かい側から上体を寄せてくる気配がしてドキッとした。

「いや？　不快さはない。だから顔を上げて」

なんだか声がくすぐったく耳に響く。

おそるおそる目を上げ見ると、テーブルに腕を乗せてクリスティアナを覗き込んでいるシリウスがいた。

「——見たいなら、見て」

少しの間じっと見つめていたシリウスが、ふっと艶めかしい笑みを浮かべた。

秘め事みたいに甘く囁かれ、クリスティアナは真っ赤になった。反射的にのけぞったら、シリウスが悪戯を成功させたみたいに「くくっ」と笑った。

「わ、わざとね!?　もうっ、言うなら普通に言ってっ」

「君の百面相の反応を見るのも面白い。見ている理由も分かったし、僕は満足だ。僕の獣目を見たいなら、好きなだけどうぞ」

余程面白かったのか、笑い混じりにシリウスが言った。

「調子がいいというか、機嫌がいいというか……」

彼がこんなにもご機嫌なのは、昨日手紙が来たせいだったりするのだろうか。頰の熱を冷ますクリスティアナは、読書に戻る彼を疑い深く観察する。

「そういえば、明日はエレッジ大学院の図書館に行く予定だ」

ふと、今思い出したみたいな声でさらっとシリウスが言った。

「えっ、ちょっと待って、それ初耳よ？」

「君とここで待ち合わせる前に、ちょうど向こうから返事をもらったばかりだ。君は確か王家の公務関係で予定が入っていただろう」

確信をもって問われ、クリスティアナは戸惑った。

「それはそうだけど……でも午後からなら」

「午前中に行ってこようと思っている。この前通った図書館の近くだから、場所も分かる。許可証も一緒に届いたし、明日の案内は不要だ」

つらつらと言われ、まるで突っぱねるみたいだと感じた。

（私に案内して欲しいといった癖に、明日の外出ではいらないの？）

クリスティアナは、もやもやしてしまった。

なんだか面白くない。これまでずっと一緒に回ってきたせいなのか、置いていかれるような気分だ。

「どうした、君らしくない」

コツンと頭の横に触れられて、ハッと顔を上げた。

いつの間にかシリウスが回ってきていた。彼は隣の椅子（いす）を引いて腰かけると、頬杖をついてクリスティアナを見てくる。

「むっとした顔だった。僕は何か悪いことをしたのか？」

「……なんでもないの、放（ほう）っておいて」

クリスティアナは咄嗟（とっさ）に顔をそむけた。

そんな彼女を見て、シリウスが余裕もなく頬杖を解いてそばに寄る。その光景はまるで寄り添うみたいで、図書室を利用していた者達が密（ひそ）かに注目していた。

「やっぱり僕に怒っているのか？　あまり今日は話していない」

「怒っていません。話したい気分じゃない時だってあるの」

覗き込むシリウスの目から逃げていると、少し考えた彼が唐突に自分の方へクリスティアナを椅子ごと向かせた。

「ちょ、この怪力！　いきなり何するのよっ、びっくりするじゃないの⁉」

「顔を合わせたあたりで機嫌を損ねてしまったようだが、僕には原因が分からない。かといって次の外交まで時間がないのを考えると、今すぐに和解したい」

強引に目を合わされたクリスティアナは、顔を寄せてきたシリウスの近さにも驚いた。

（な、なんでそう平気で顔を近付けてくるのよ⁉）

心臓が煩いくらいはねていた。周りで見ていた者達も咄嗟に手で口を押さえ、黄色い声を抑えていた。

「謝罪といってはなんだが、僕の頭を好きにしてくれて構わない」

「は？　……え、つまりボサボサにして無礼をしてしまっていいということ？」

「そうだ」

生真面目な顔で頷かれて、いよいよ戸惑いは増す。

「なんでそんなことになるの？」

「罰みたいなものだ。君にとっても優越感にならないか？」

普段は高い位置にある彼の頭だ。プライドが高そうな彼を思うと、今の裏切られたような気持ちを晴らすにはいい提案なのかもしれない。

何より、現在進行形で〝今〟も腹立たしい。

それは彼が、不機嫌になった理由を分かっていないということ！

「それなら覚悟して。完璧なセットを乱してあげるわっ」

姫だとか令息だとか関係ない。クリスティアナはシリウスの頭を掴むと、両手を激しく動かしてこれでもかというくらいにぐしゃぐしゃにしてやった。

だが、彼の髪はさらさらしていて絡まる気配すらない。

「んもうっ、なんで私より髪まで綺麗なのよ⁉」

悔しくなって一層手に力を込めると、シリウスがちょっと笑った。そのこぼれた笑みはとても自然で、クリスティアナはびっくりしてしまった。

「もうしないのか？」

彼が笑い混じりの声で尋ねてきた。

手が止まってしまったのは、チラリと見た彼の笑顔に胸が高鳴ったせいだ。上目を向けられて視線が絡み合ったクリスティアナは、顔が熱くなってきた。

綺麗だと思って見ていた彼の白い髪に、今、触っている。

こんなに失礼なことをしているのに、シリウスは笑ってもいて――。

「ん？　ちょっと待って、なんで笑ってるのよ？　獣人族は獣の性質も持って……あ、もしかして撫でられるのも好きなんじゃないの？」

「そうかもしれないな。させたことがないから、分からないが」

「じゃあ嫌がらせにもなってないじゃない！」

なぜコレを報復の提案にしたのか。

触れている恥ずかしさにパッと手を離したら、シリウスがくすりと笑った。

「人の話は聞くべきだろう。僕だって、嫌がらせになると思ったんだ」

「でも、獣の性質があるんでしょう？」

「僕の一族『白虎』は他者に厳しい。他の獣人族も、多くは頭に触れられることは嫌う。だから嫌になることだと思った――んだが、どうやら違ったらしい」

一度視線を落としたシリウスが、切なげに苦笑して目を戻してきた。

「この件に関しては君に謝ろう。想像していたのと違って、かえって気分がいい」

「はい……？」

謝罪にしては率直すぎて、クリスティアナはぽかんとした。

「……あの、呆れて怒りも迷走気味なんだけど。つまり獣の習性で、全く嫌がらせにもなっていなかったということよね？」

「させたことがなかったから、僕自身推測範囲外だったんだ。獣の本能的性質を、自分が引き継いでいるのかも実感がない」

だからすまなかった、とシリウスが追って詫びた。

そう謝られたら了承するしかない。クリスティアナから見ると、髪をボサボサにしている最中の彼はなんだか少し楽しそうにも感じていた。

（頭を撫でられるのが好きな獣人族なのかもしれない。それが『いい』だなんて、意外な一面だわ）

でも、そういう性質があることを好ましくも感じた。

胸がキュンとしてしまったのは、彼が頭を撫でさせたのがクリスティアナが初めてだということだ。だから言い返せなくなった。

プライドが高いと推測した通り、彼は普段触らせる考えもなかった。

たぶん、本当に嫌がらせになると思ったのだ。

それをクリスティアナにわざわざ試させたのは、本気で仲直りしたかったからではないのだろうか。そう考えたらじわじわ頬も熱くなってしまった。

シリウスの獣人族としての一面を知ったとはいえ、あのもやもやは引き続き心が晴れないまま翌日を迎えた。

本日の午前中は、ロザリンド王家と庭園で散策を楽しむ予定があった。

四番目の兄が嫁いだ先で、昨夜も賑（にぎ）やかな食事会を過ごしていた。宮殿側の自室で待機しているクリスティアナは、もんもんとソファに寝転がっていた。

「私に、来て欲しくないみたいにも聞こえたわ……」

彼は昨日、一人でエレッジ大学院の図書館に行くと言っていた。

今頃は図書館にいるだろう。決定事項のように告げてきたことを思い返すたび、一人で行くことにこだわりでもあったのだろうかと勘ぐってしまう。

(午前中に私の予定があるのを知っていたから、わざとその時刻に入館予約を取ったみたいなタイミングだし……)

そうとしか思えなくなってきた。クリスティアナは、続き部屋へ突入した。

「メアリーゼッ、急ぎで悪いのだけれど、着替えを手伝ってくれる?」

「殿下、もしかしてお出かけですか?」

目を向けてきたメアリーゼと、室内を掃除整頓していたメイド達が目をぱちくりとする。

「そうよ。お転婆な末姫が、またこの装いを解いて姫らしからぬ一人行動をするの」

「そんなにご自分を悪く言わなくても……」

メアリーゼ達が、困ったような顔に笑みを浮かべる。

「民に寄り添っていると、殿下の行動を評価してくださっている方々もいます。ある程度護身の嗜みもあるので陛下としても安心かと」

「そうですわ。ご衣装を変えたとしても、その金髪は美しく姫様を引き立てておいでです」

「この国で希少な『賢者の目』も、神秘的で美しい赤ですわ」

「励ましをありがとう。自分がだめだめな姫なのはよく知っているわ。だから求婚もないんだって噂されているのも、今更ショックではないし」

もう二十歳。ほんとは気にしないなんてことはないのだけれど、クリスティアナは傷付いた表情を隠すみたいにすねた顔で下を向いた。

あらあらとメイド達が苦笑した。なんと答えてよいのかと困った様子だ。

娘溺愛の父に口止めでもされているのだろう。すると気心知れたメアリーゼがそばに寄り添う。

「一部がそう噂しているだけですよ。でも、庭園のご予定はよろしいのですか？」

「今回は自由参加でしょう？　父様もお兄様達も、家族の団欒のようなものだから、好きにしていいと言っていたもの」

「まぁ、朝にも兄上様達と楽しくお過ごしになられていましたからね」

そうメアリーゼに口にされた瞬間、クリスティアナは慌てた。

「メアリーゼ！　しーっ」

「姫様、後宮での乗馬場の一件はみんな知っています」

彼女が溜息を吐くのと、クリスティアナの肩から力が抜けるのはほぼ同時だった。

室内に居合わせたメイド達も、柔らかな苦笑で見守っている。

「何をそんなに乗馬したかったのかは知りませんが、案内役とご公務で日々忙しくされていますから、妃殿下様達からも良いとお言葉がありました」

それは、図書館でザガスから馬の話を聞いたからだ。妻の起床を待ってゆっくりしていた四番目の兄に突撃し「お願い馬に乗りたいの！」とお願いした。

とはいえ経緯は黙っておこう。今は、シリウスのことだ。

「さくっとこのドレスを脱ぐの、手伝って」

クリスティアナは急く気持ちで「お願い」と手を合わせて頼んだ。

メアリーゼ達が目を丸くし、やがて揃ってくすぐったそうな顔をした。

「姫なのですから、命令すればよろしいのに。姫様は、可愛い方ですね」

末姫付きの彼女達は、慣れた手付きで速やかに世話に取りかかった。

着替えを済ませたのち、クリスティアナはエレッジ大学院が建つバスク街へ向かった。

専門機関も多く、大きな建物が集まっている場所だ。どこもかしこも大きな道が伸び、人の行き交いも多い。

しばらく進むと、白衣の裾にカラーラインの入った勉学生の姿も増えた。

「彼のことだから、まだ館内にいるはずよね」

エレッジ大学院の図書館にも、『賢者の目』関係で足を運んでいる。館内は把握しているから、あとは受付の人にこそっと聞けばシリウスは見付かるだろう。

（あの綺麗な白い髪も、目立つだろうし）

そう考えつつ図書館のある通りへと出たところで、クリスティアナは予想外のことに目を見開き、咄嗟に近くの建物に身を隠した。

図書館へと続く広い階段を、リズムよく急ぎ足で下っているシリウスの姿があった。

（彼、あんな風に階段を下りることもあるのね……）

いつも優雅に歩いている姿しか見ていなかったから、意外だった。それでいて今日シリウスは、普段の彼なら着なさそうな厚地のローブを羽織っていた。

貴族が着るような代物ではない。まるで旅人みたいだ。

（――貴族の衣装を隠すみたい）

そう感じてドキリとした次の瞬間、シリウスが階段を下りるなり、一人の女性のもとへと駆け寄ったのを見て、クリスティアナはギョッとした。

彼は親しげに彼女の両手を取って合流したのだ。彼女は可愛らしい赤のローブを着ていた。

すぐにシリウスが手を引いて、二人は移動を始める。

（え、え？　ちょっと待って）

困惑している間にも、シリウスが女性と近くに駐めてあった質素な大型馬車に乗り込んだ。

だが、しばらく待っても馬車は動かなかった。

長らく見守っていたが、誰も出てこない。様子を見ていたクリスティアナは、激しく落ち着かなくなってきた。

（いくらなんでも、長すぎない？）

いったい中で何をやっているというのだろうか。

狭い密室で、男女二人というシチュエーションにどぎまぎした。そうしてようやく、といったところでシリウスが一人だけで下車してきた。

出てきた彼は、ローブを着ていなかった。どこか上機嫌に歩き出す彼の後ろで、女性を乗せたまま馬車が走り出してしまう。

（……私、もしかして、彼の逢瀬を目撃しちゃったの？）

そう思ったら心臓が掴まれたみたいにギュッとして、クリスティアナは咄嗟にスカートをひるがえし、慌ててその場から逃げた。

◆

一日かけてもクリスティアナの頭の中には、考えがぐるぐると回っていた。

すぐに顔を合わせる自信がなかったので、正午を大きく過ぎてもシリウスが外交で拘束されていたのには助かった。

ザガスが別件で社交をしている中、シリウスは飛び込みの会談もスムーズに対応した。てきぱきとこなしていくので、増えたスケジュールも時間を大きく延長することなくこなしている、とは護衛騎士やメアリーゼ達からも聞かされた。

（仕事をしているのに、少ない空き時間に本尽くしで休憩になっているのかしら……？）

注目されている彼の噂は城内でよく聞く。多忙そうなので、さすがに本日はサロンの方で紅茶休憩をするのではないか――と期待したが違った。

「君のスケジュールの空きに間に合ったようで良かった」

「……ええ、そうね。会えて嬉しいわ」

なぜ間に合わせたのか。

公務と考え事から落ち着きたくなったクリスティアナは、好きな読書に没頭すべく一人で存分に楽しむつもりで図書室に来ていた。

そうしたら、シリウスが礼装のまま会合から直接図書室に訪ねてきたのだ。

いつもの空き時間の合流になってしまったクリスティアナは、どうにか平然を装ってシリウスと話したものの、彼が本を選びに行ったのを見送ったところで、手を組んでガツンッと額を押し付けた。

昨日、彼は馬車の中の密室に女性と消えた。

本人を見たら、激しい混乱が洪水のようにドッとぶり返してきた。

彼は昨日、馬車からかなり長らく出てこなかった。まさか車内で大人（おとな）な交流でもあったということだろうか。

身分ある男性が、馬車で女性と密かに会う話は社交界でも聞く。

だが相手がシリウスであるだけに、クリスティアナは困惑しているのだ。

ローブを着た相手の女性は、明らかに貴族ではなかった。もしかして彼は、現地で恋遊びの相手を呼ぶくらい色々と手慣れた男性だったということだろうか。

（親密そうだったし、国内で知り合ったばかりという雰囲気でもなかったし……自国か外交先で知り合った女性が来国を？）

先日、シリウスが受け取っていたらしい手紙の存在が脳裏をちらついた。

「一人で面白い表情をしているな」

「きゃあっ⁉」

不意にシリウス本人の声がして、クリスティアナは短い悲鳴を上げた。シリウスも美麗な顔に少し驚きを浮かべた。

「いきなり大きな声を上げて、どうした？」

「いえ、なんでもないのよ。どうぞ座って」

シリウスが本を置いて向かいの席に座った。何もなかったみたいに本を読み出した彼の獣目が、甘く女性を見つめていたことを邪推しドッと心臓が音を立てる。

今日は、やけに彼の見目麗しさが輝いて見えた。

背景に薔薇が咲くのが見えるとか、今のクレスティアナは危険レベルで冷静じゃない。

「……えーと、すぐに翻訳して欲しいところが出ることはないだろうし、ちょっと私も本を取ってくるわね」

クリスティアナはいそいそと席を立った。

シリウスが本から目を上げる。いつもなら近くの棚から取るのに、と疑問を感じさせてしまったのかもしれない。

質問を警戒し、慌てて向こうの本棚の間へ身を滑り込ませた。追いかけてきていた彼の視線が途切れてホッとする。

（二十歳なのに、私の方こそ子供っぽいのかもしれない）

クリスティアナは自分に呆れた。シリウスは二十六歳の男性だ。そういう欲があるのも当然だろう。

それなのに勝手にショックを受けて、困惑してもいた。

（彼の誠実そうな目と唇が、嘘を吐いて、女性に甘い台詞をかけて大人の恋を楽しんでいるだなんて、想像もつかなくて……）

彼は外交官だ。クリスティアナがプライベートまで憶測するのはいけない。

頭を振って棚の三列目から、真っすぐ詩人フィードの本を手に取った。彼の詩は心が落ち着くから、読み返すのにちょうどいいだろう。

席へ戻ると、着席する様子までシリウスの目がじっと追いかけてきた。

「そういえば、今日はザガスさんはいないのね」

なんだか緊張してしまって、クリスティアナは焦って会話を振った。

「君の親戚にあたるアヴェラス公爵のこと、聞いてないか？　ザガスは、個人的に彼のガーデンハウスへの招待を受けた」

「あ、――なるほど」

アヴェラス公爵は、お喋り好きで知られている。獣人族のいるイリヤス王国にはずっと興味を持っていて、このたび協定が結ばれたことを大変喜んでいた。

ザガスは聞き上手で、先日も彼の妻まで一緒になって楽しそうにしていた。

（でも、今はその和やかな空気はこっちに欲しかったかも……）

クリスティアナが一方的に気にしているだけなのだけれど、シリウスとの空気がぎこちないように感じてしまっている。

互いに読書が始まったものの、好きなはずの文章を見ても胸は重くなる一方だ。

気になって盗み見ては、話しかけられないまま緊張して目を落とす。それが嫌だなと不意に思った。いつもみたいに、シリウスとお喋りがしたい。

「……ザガスさんがいてくれたらよかったのに」

思わずぽつりとこぼしたら、思いがけない返事があった。

「僕は？」

「へ？」

視線を上げてみると、シリウスが本から顔を上げて彼女を見ていた。

「『シリウス』には、いて欲しくないのか？」

彼がむっとした表情で、追ってそう言ってきた。

いて欲しい。どこかへ行くのなら一緒に連れていって欲しい——そんな気持ちが胸の奥からぐっと込み上げた。

（ああ、そうか。私、この前置いていかれたのも〝寂しかった〟んだわ）

案内役の件を喜んだのは、彼といられるのが最近はクリスティアナも好きだからだ。

だから『ついてこなくていい』と彼に断られたのもショックで、その矢先に目撃してしまったプライベートな男性事情に一層混乱した。

「私は……シリウスにも、いて欲しいわ」

彼の紺碧（こんぺき）の獣目を見つめていると、ドキドキするのに心地よくもある。それがどうしてなのか分からないが、一緒にいられる時間は短いので正直に伝えた。

「そうか。なら、いい」

シリウスが、ふっと口元を引き上げた。冷ややかにも感じる美しい顔が、たったそれだけで温（ぬく）もりを帯びて優しげになる。

クリスティアナも、つられて先程より緊張が解けるのを感じた。

(――この空気、なんだか好きだわ)

今度は集中できそうな気がして、彼と揃って自分の本に目を向けた。

時間の流れが穏やかであると感じた。

図書室にいる人の数が少ないせいかもしれない。貴族達はみんな、国王一家とロザリンド王家の人々が歩く姿を見ようと正面庭園の方へ行っているのだろう。

その時、普段より早いタイミングでシリウスが席を立った。

「もう読んだの？　私に翻訳して欲しい古語もなし？」

「翻訳の必要もない。持ってきた中でとくにこの三冊に期待していたんだが、内容も全く期待外れでね。この本に、欲しい内容はない」

腕に抱えた三冊を見せた彼が、小さく息を吐く。

やはり何かテーマを設けているようだ。歴史や伝承関係を知るのが趣味だと言っていたので、文献の宝庫と言われているこの国で研究したいことでもあるのだろうか。

(少ない外交の空き時間ずっとかかりっきりだし、趣味とくくるにしては少し真剣すぎる気もするのだけれど……)

そんなことを考えていると、シリウスが提案してきた。

「君も座りっぱなしはつまらないだろう。一緒に本を探しに行くか？」

珍しい誘いだ。クリスティアナは、嬉しくなった。

「そうね。ついでに、あなたがどんな本を選ぶのか見てあげるわ」

「なら、君に失望されるような本は選ばないよう気を付けよう」

やはりシリウスは機嫌がいいらしい。彼女が喜んで立ち上がると、珍しく冗談交じりにそう返してきて率先して歩き出した。

向かったのは、窓際の書架だった。

そこには少し褪せた背表紙が並んでいた。どれも国内の古いおとぎ話にまつわるもので、原書『狼男』のタイトルもあった。

「懐かしいわ。みんな基礎教養の時に一度はこの『狼男』を読むの」

「原文の物語の方を？　それは随分と基礎レベルが高いな。君の国では、ありふれた内容でもうあまり注目もされていない題材だろうと思っていた」

本を戻したシリウスが、次に取る本を探す。長い指が一つずつ背表紙をなぞっていくのが、なんだか目を引いてドキドキしてしまった。

シリウスの横顔は真面目で、眼差しは凛々しくて集中しているのが分かった。

（声をかけて邪魔になってしまったら、彼に悪いわ）

そっと距離を取って、暖かな日差しの熱が伝わってくる窓へと寄った。

窓からは、宮殿の東側の棟や中央通路が見えた。

クリスティアナは、暖かさにつられて窓にそっと手を添えた。並木は太陽の光を柔らかくまとっていて、見ているだけでぽかぽかしてくる。

ふと近くの木の枝に鳥がとまった。口を開けたり閉じたりしているが、何も聞こえない。

「ふふ――いったい、何をうたっているのかしらね」

後宮で寝泊まりしていた時はよく聞いていた。後ろからの物音が聞こえなくなったのも気付かず、彼女は鳥に誘われるがまま窓を開けた。

その瞬間、風が大きく入り込んできた。

頬を撫でた暖かな空気と共に、鳥の愛らしい鳴き声が耳を打ってくる。クリスティアナの金髪が、日差しにきらきらと光りながら風に大きく揺れた。

(なんて、愛らしいのかしら)

そう心地良く思った時だった。

不意に肩と腹へ腕が回り、後ろからシリウスに抱き締められていた。たくましい腕にかき抱かれ、全身が一気に彼の温もりに包まれる。

首に彼の呼吸を感じ、クリスティアナはかぁっと熱くなった。

(な、なんで私、抱き締められているのっ?)

振り返りざま振り払う。何をするのよと文句の一つでも言おうとしたのに、そこには同じくらい驚いているシリウスの顔があった。

「……すまない」

小さな動揺を浮かべた彼が、ほんのり染まった頬を隠すように顔の下を手で覆う。

クリスティアナも困惑した。けれど、赤くなった顔をシリウスに見られている状況への羞恥心が勝った。

抱き締められた感触を思い返してしまい、ドッと胸の中が騒がしくなった。その瞬間に思い出したのは、彼が女性と二人きりで馬車の密室に消えたことだった。

「お、女の子になら誰でもそうしていいだなんて思わないことね！」

直後、じゃじゃ馬姫な強がりでそう言い返した。

「は……？」

呆気に取られたシリウスを前に、返事も待たず彼女は走り去った。

四章　明かされた彼の秘密

その日の夜、クリスティアナはなかなか寝付けなかった。

目を閉じても、シリウスの姿が瞼(まぶた)の裏から消えない。思い返すたび顔の熱がぶり返し、お気に入りのクッションを抱き締めて顔を押し付けていた。

(なんで、抱き締めたりしたのよ)

遊び慣れていて、他(ほか)の女性と同じような感覚で抱き締めたのだろうか?

あの時、そんな可能性が浮かんでショックから手を振り払って身を離した。それなのに考える胸はドキドキして熱いままで……。

この気持ちがなんなのか、クリスティアナには分からない。

(彼を見た時、二人きりになったから試しに抱き締めてみた、という感じでもなかったわ)

だから戸惑った。それと同時に『シリウスはそんな軽薄なことはしない』と信じている自分に気付き、彼をとても信頼していることも自覚した。

それが余計にクリスティアナの胸を乱した。

一晩中考えたが整理はつかず、気の重い目覚めを迎えた。メイド達に起床を手伝われ朝の支度を整えられるも、外に出る気も起こらなかった。

「今日は自室でゆっくりするわ」

メアリーゼ達にそう伝えたら、少し驚かれた。

「あの姫様が、歩き回りもせずゆっくり過ごされるのですか？」

「そうよ。気が向いたら本でも読むわ、だから誰も付けないでいいから」

クリスティアナは、初めて自分から案内役を休むことにした。

シリウスには悪いが、護衛騎士に『会えない』と言伝を頼んだ。この前の図書館だって一人で行ったのだ。今日の午前中一時間半ある時間だって、自分でどうにかするだろう。

（彼の顔を見て、平然としていられる自信がないわ）

あの手紙の存在も気になってきてしまった。馬車で密会した女性からのものなのか、はたまた祖国に置いてきた恋人からのものなのか。

どちらにせよ、クリスティアナの胸を重くする。

もう何も考えたくない。そう思ってソファの上で大きなクッションを抱き締め、落ち着くいい香りがするそこに顔をぎゅっと埋めた。

その時、扉の向こうが騒がしくなってハタと顔を上げる。

「……何かしら？」

そう呟いた直後、外から扉を掴むような音がした。何やら大勢の者が騒ぐ声が強まった次の瞬間、重厚な扉が破壊音を上げて壁から外れた。

「えぇぇ!?」

いきなりのことでクリスティアナは叫んでしまった。

そこには、腰にザガスを巻き付けたシリウスが立っていた。目が合った途端、彼に獣目で強く睨まれて萎縮する。

「申し訳ございません殿下……」

ザガスが「止められなかった」とシクシク泣いている。

その後ろで護衛騎士達とメアリーゼ達が、『彼はよくやった方ですっ』と必死に身振り手振りでフォローして伝えてくる。

いったい何がどうなっているのか分からない。

するとシリウスが、ザガスを冷たく引き離した。

「声が聞こえたから、失礼ながら邪魔な扉を取っ払わせてもらった」

言いながらもずかずかと入室してくるのを見て、クリスティアナは咄嗟にお守りのごとくクッションを抱き締めた。

よく分からないが、彼からはひどく気が立っている空気を感じた。

「な、なんで来るのよ！　と言うか、どうして扉を外したの!?」

「君が僕と会わないと言うから――」

ソファの前まで来たシリウスがハタと言葉を止め、軽く握った手を口元に当て小さく咳払いを挟んだ。

「昨日から私室を出たがらないと、父君達も心配しておられました。ですから、少々強引ながら突破させていただきました。午前中は僕とザガスにお時間をくれる約束だったはずでしょう」

少々どころか、強行突破だ。

けれどクリスティアナは、彼の改まった言い方に胸が痛くなった。父から聞いた言葉を伝えること、そして人の目を考えてのことだろう。でも……いつもの彼の言葉を聞きたい。

「いつものように喋ってくれていいわ。プライベートな場だもの」

「それでは有難く——ところで、その防御姿勢は何かな？」

早速と言わんばかりに告げたシリウスの目に、不意に凄みが戻る。

クリスティアナは、ビクッとしてクッションを胸にかき抱いた。

「そんなもので防衛できるとでも？　邪魔だ、僕に渡せ」

シリウスが、寄越せと手を差し出してくる。

怖い感じだ。クリスティアナは咄嗟に首を横に振った。庇うように抱き締めると、彼がむっとした表情になった。

「君のクッションは役得だな。後宮の自室から運ばせたとかいうお気に入りだろう？」

「なんでそんなこと知ってるのっ？」

「メアリーゼ達が、いつも君のことを快く教えてくれる」

勝手に個人情報を流さないで欲しい。

いつも抱き締め心地がいい大きなクッションを作るのが好きとか、彼にとっくにバレてしまっているのも恥ずかしい。

「そ、そもそもクッションは関係ないじゃないっ。なぜあなたが怒るのよ」

「僕は怒ってない。いいから、そのクッションを八つ裂きにさせろ」

「ほらっ、やっぱりクッションにも怒ってる！」

扉を壁から金具ごとちぎり取った彼だ。クッションなんて、言葉通り八つ裂きにしてしまえるだろう。

寄越せ嫌だと言い合う様子を、メアリーゼ達が呆然と眺めていた。

「嫌ったら嫌よ！　なんで渡せとか言ってくるの!?」

クリスティアナは慄いて若干涙目で言った。よろりと立ち上がったザガスが慌てて入室した時、シリウスが彼女へ指を突きつけ言い返す。

「僕の腕にしがみつくのならまだしも、たかがクッションに役を取られるとか許せるか」

……ん？

そんな彼の主張が言い放たれた途端、場に静けさが訪れた。

「えーと……あのね、シリウス？」

状況が掴めないまま、クリスティアナはひとまず声をかけた。メアリーゼ達の方からも強い困惑を感じていた。

「あなたは、やっぱりクッションのことも怒っているみたい。でも普通、押し入られた私が怒る方だと思うの。あなたは数人がかりの職人が設置する扉を、いとも簡単に外してしまったのよ？」

シリウスは大人しく耳を傾けてくれたが、よく分からないのか眉を寄せた。

（彼、いったいどうしちゃったのかしら？）

そのせいで反抗心も怒気も抜かれてしまった。するとザガスが、彼の後ろの方からクリスティアナに助言してきた。

「えぇと、殿下、驚かれたでしょうが、彼に害意はありませんのでご安心を。そのクッションを身から離していただければ、話せるようになるかと」

どうしてクッションがと疑問に思ったが、クリスティアナは助言に従った。ゆっくりと脇へどけるとシリウスが少し落ち着いてくれる。

「それで、あなたが来たのはどうして？」

「君が『会えない』と言ったのは、僕を避けたからだろう？」

ホッとして尋ねた途端、図星を突かれて言葉に詰まった。

彼はとっくに気付いている。クリスティアナはじわじわと頬を染めた。

「だって……あなたが図書室で、私を急に抱き締めたから」

みんなが見ている状況に躊躇いはあったが、小さな声で伝えた。

その瞬間、ザガスがすごい速さでシリウスを見た。部屋の外で見守っていたメアリーゼ達も、揃って目をまん丸くする。

「それは、君が窓から落ちるかと思ったからだよ」

注目を集めたシリウスが固まった。だが、誤魔化すみたいにすぐ咳払いをして口を開く。

「え？　そう、だったの……？」

「そうだ。図書室には『窓を開けるのは厳禁』というルールが貼られている。君はよく出入りしているらしいが、僕は知らなかったから、急に開けられたら驚く」

言われてみれば確かにそうだ。クリスティアナは換気のために開けられることだって知っているし、よく手伝ってもいるが彼は知らない。

つまり彼は、窓を開けていいとは知らなくて驚いてクリスティアナを助けた。

「君が僕に会いたくない誤解は、これで解けたか？」

「ええ、そうね。ごめんなさい……」

なんでそんな簡単な可能性に気付けなかったのだろう。クリスティアナは、申し訳なさで彼の目を見ていられず俯いた。やはり思っていた通り、彼は何も悪くなかった。

その時、シリウスが片膝をついて手をそっと取ってきた。

驚いて顔を上げたクリスティアナは、彼がどこか切なそうな表情で見つめていることに気付いて動揺した。

「会わないなんて、今後は言わないで欲しい」

なんだか彼は、弱っているというか、参ってもいるみたいな顔だった。

「僕は、君に距離を置かれたくない」

「え？　私、別に距離を置かれたつもりは――」

「昨日、一緒にいる時によそよそしかった。僕と目が合ったのに、君は尋ねる機会も与えずに本を取りに行ってしまった」

見抜かれていたことにドキリとした。まさか手紙の件だと勘付かれたのか。

「そ、それは、その」

「僕が書物を読み漁っていることに不信感を抱いたからなんだろう？　君は部外者だからとザガスと僕に遠慮して聞かないでいる、違うか？」

それも事実だった。続けざまにピンポイントで言い当てられたクリスティアナは、誤魔化せないと思ってただただ頷いた。

「これは、実に個人的なことだ。でも君には聞いて欲しい。それで距離を置かないでいてくれるのなら――僕は、秘密を全部話すよ」

室外にいる人達には聞こえないように囁いたシリウスを、クリスティアナはドキドキしながら見つめていた。

彼自身から教えてくれるのは嬉しい。でも、目の前で彼が膝をついている方が大事件に思えるし、なんだか無性に気恥ずかしいのだ。

(ほんと、いったいどうしちゃったの？)

いつまで経っても手を放してくれなくて、すっかり顔が熱くなった自覚があったから、彼の胸元のブローチに視線を逃がした。

「えっと、大切な話なら場所を変えて――」

まずは手を放させようとしたのを勘付いたみたいで、手をぎゅっと握られて心臓がはねた。

「君の疑念を真っ先に解きたい。詳細については別室を考えよう。だから、頼む」

「わ、分かったわ。話を聞くから」

彼があまりにも必死なので、クリスティアナはそう答えて彼にいったん手を放させた。

メイドと騎士達と話し、少しの間三人にして欲しいと命じて部屋から離した。その間に、扉の修理の手配などを進めるようお願いもした。

ザガスが衣装を整え直し、乱れた髪を後ろへ撫でつけそばに立つ。

座り直したところで、シリウスがまたしても片膝をついてクリスティアナの手を取った。

「それで？　まずは何が知りたい？」

(ち、近いっ)

ずいっと顔を寄せて尋ねられたクリスティアナは、気のせいかしらと戸惑った。彼の後ろ側で、ザガスが額に手を当て天井を見上げている。

「君は、他にも僕に尋ねたいことを抱えているんだろう？」

「えっ？　なんで分かるの？」

「よそよそしさが二割増しだったから」

「うっ、その……実は、あなたに届いていた手紙の件なの」

クリスティアナは彼に顔を覗き込まれる距離感に慣れなくて、とうとう白状した。

「あれは弟からの手紙だ」

「へ？　弟さん？　あ、そうだったの……」

「他には？」

「あっ、いえ。何を調べているのかなと思っただけよ」

こっそり見に行って目撃してしまった女性については、後ろめたさもあって尋ねられなかった。ひとまず手紙の相手が家族だと知れてホッとした。

「実は弟が〝獣化〟の症状を持っているんだ。どこへいても連絡できるよう、特別に躾けられた鷹が僕らの手紙を運んでいる」

「獣化？」

「獣人族の先祖返りにしては、異例の症状だよ」

シリウスが声を潜めたので、重要な話なのだろうと思って、クリスティアナも扉が外れた出入口の向こうを気にして小声になった。

「でも、一気に言っても君には分からないだろうね」

「そうね。先祖返りだとか、獣人族の症状だと言われてもピンとこないわ」

「今のところ『獣化』は一握りの者にしか知られていない状況だ。獣化なんて、本来はありえないことでね――だから、詳しいことは人に聞かれない場所で話す。ひとまずは本に対する君からの疑惑を解こう」

シリウスが思案気に目を落とした。

「僕の弟は、解決の術を探して学者となって国内外を巡っている。伯爵家の跡取りとして家に残った僕は、その解決策のヒントになるものを調べるために外交を利用した。それが文献を探っている理由だ」

話には納得した。だがクリスティアナは、彼に熱っぽく見つめられているように感じて落ち着かなかった。

重要な話なのは分かるけど、こんなに近付く必要はない気がする。必要があるのかしらと思ってザガスを見てみると、あんぐりとした顔でこちらを見ていた。

「あ、あの、……やっぱり近くないかしら？」

「昨日、あのあとは顔が見られなかったな、と思って」

よく分からないことを言ってきたシリウスの、少し濡れたみたいに輝く美しい紺碧が、真っすぐクリスティアナを映し出していた。

「昨日も顔を合わせたじゃない」

「でも、逃げられてしまった」

「にっ……それは、その、認めるわ」

彼の口から『逃げる』なんて言われて動揺した。彼が手を包み込んだまま放さないことも変だし、甘い雰囲気にも感じて咄嗟に告げる。

「詳しい話っ、別の場所で聞かせてくれるんでしょ」

彼とこのまま見つめ合っていたらいけない気がして、彼のブローチへ目を逃がした。手が熱い。見られている顔もどんどん熱を帯びて、伝わってくる彼の体温と視線に胸は高鳴っていくばかりだ。

「そ、それに……婚約者でもないのに、この距離はだめだわ」

手を引っ込めようとしたら、待ってと伝えるように優しい力で引き留められた。

「すまなかった。そうだったな」

シリウスが、どこか切なそうな顔で微笑んだ。ドキッとしたクリスティアナの指先を、彼は優しく握り込んでくる。

「せめて、謝罪までさせて欲しい」

「謝罪……？」

「本巡りは調べものだったと、君に隠していたこと。弟とのことはザガスだけしか知らない状況だったことを――一人の紳士として、心からお詫びを」

シリウスがクリスティアナの手を唇へと引き寄せた。

指先に口付けられた。なんだかやけに熱く感じて、身体の奥がきゅっとする。

（どうして、こんなにもドキドキするのかしら）

彼は、しばらく唇をつけていた。まるで乞い願い、祈る騎士のようで、クリスティアナはじっと見つめてしまっていた。

「クリスティアナ。君に、僕〝ら〟がしていることを話そう」

やがて、シリウスが唇をそっと離してそう囁いた。

◆

三人で一緒に私室を出た。

連れられた先にあったのは貴重蔵書保管庫だった。普段は開放されておらず、高官や文官などの一部の人間が管理のため回るくらいだ。

「いつの間に出入りの許しを得たの？」

鍵(かぎ)を開けた彼に呆(あき)れつつ、クリスティアナはザガスと共に入室する。

「昨日、君が出て行ったあとに」

言いながら、シリウスが灯りをつけ奥のテーブル席の椅子(いす)を引いた。どうぞとクリスティアナに勧め、それから自分も向かい側に腰かける。

ザガスが彼の列の椅子を大きく引いて、楽な姿勢で座った。

「まずは獣化についての説明からだな。これは、僕らの国でも前例がないことだ」

早速シリウスが切り出した。

「獣人族は祖先が神獣、つまり『獣』であったと言われている。それぞれが持つ獣のルーツの原種に性質が近付くことを、先祖返りと言う。そして弟は〝種族のルーツになった獣そのものの姿になる〟――これが『獣化』だ」

シリウスはテーブルの上で手を組み、目を落とした。

「僕らティグリスブレイド一族は、古代種の『白虎(びゃっこ)』だ。僕の弟は、先祖返りでその古代種の獣になる」

「人ではない本物の獣に変身するの……？」

「そうだ。胸まで届くサーベル型の牙(きば)、大きな肩回りと敵を引き裂くための突き出た爪(つめ)。猫科とは全く別に分類される大型の古代種だよ」

とすると、クリスティアナが知っている一般的な〝虎(とら)〟とも姿は違うようだ。

「ザガスさんは、弟さんの獣化を見たことがある？」

「いいえ、そもそも〝変身〟に遭遇していたとしたら無事では済みません。図鑑の挿絵は見せられたことはありますよ。白虎はうちの国に太古に実在していたとされる動物だと特定されていて、聖獣にも分類されてはいますが」

「そんなに狂暴なの……？」

「君が想像しているよりも、ずっとね」

口を挟んだシリウスの声は硬かった。

「僕も先祖返りの獣人族だ。おかげで気質は獣寄り、父や叔父よりもパワーはある」

「え？　そうなの？」

「先祖返りは獣の気質が強めのため、目も特徴的だ。イリヤス王国の王都の者達は、この目を見ると大抵が『先祖返り』タイプの獣人だと判断する」

シリウスが、自分の目を指差してそう言った。

こんなにも『獣みたいな目』と感じた印象は、間違っていなかったらしい。

「だが、弟は〝正真正銘最強の〟先祖返りだ。獣化した弟は、支柱を壊した僕の数十倍の怪力を持っていると思ってくれていい」

「す、数十倍……」

「古代種白虎は、『孤高の狩りの王』と言われているほど獰猛な肉食種で、人間は狩りの対象だ。思考も完全に獣化するから、その間は制御が利かない」

　つまり人を見れば、見境なく襲いかかるのだ。だからザガスは、無事では済まないと言ったのだろう。

「しかし厄介なことに〝変身〟については、君の国の本にあるような『満月を見たら』『夜になったら』『丸いものを見たら』という条件は何もない」

「……原因は不明なの？」

「何もかも予測不能だ。発症も急だった、四歳の誕生日を迎えた日に……突然、獣化した」

　途中、込み上げた感情を押し留めるようにひと呼吸置いた。

　クリスティアナは、当時の彼を想って胸が苦しくなった。一年の中で特別なお祝いの日。幼い子にはとてもショックな出来事だったことだろう。

「僕は弟と一緒に、どうにか獣に変身する回数を減らすことに成功した。そして解決の方法を探すために僕は外交官に、そして弟は学者の道を進んだ」

　弟は、単身各地の現地調査に飛び回れるほどの学者になったのだという。シリウスの目的は外国にも行ける立場の確保だったが、次期外交大臣の地位も手に入れている。

（全て、弟さんのためなんだわ……）

　今回エドレクス王国に訪問した目的は、国に伝わる『変身するタイプの伝承』などを調べ、弟に教えるため。

来た当時彼から感じていた『誰も受け付けない』という壁の原因も、それだったのだ。

幼い弟と二人で獣化に向き合った時も、想像を絶する努力があっただろう。そして異例の先祖返りに兄弟二人で立ち向かっている。

「シリウスは、弟さんのことが好きなのね」

「世界で一番大事な弟だ。この世界にたった一人しかいない、僕の弟なんだ」

シリウスが、迷いなくきっぱり答えてきた。

とても大切にしていることが伝わってきた。シリウスは、何もかもを弟のために注いでいるのだ。そこに、彼自身の望みや願望はない。

(あなたは、自分自身の夢や希望は抱かないの？)

クリスティアナは胸が痛くなった。でも苦しい想いで語ってくれた彼に、そんな悲しいことは確認できなかった。

「獣人族は、大昔からイリヤス王国の王都にいたのよね」

一度深呼吸をして、聞いた話を頭の中で整理しながら述べた。

「古代種の先祖返りで、でも完全な獣化の症状は語られていない。だからあなた達は古代にまつわることから問題を紐解くヒントがないかを調べているのね」

彼が必死になって過去の文献や資料を読み漁っているのも納得だった。

シリウスが小さく目を見開き、それから軽く苦笑した。

「まいったな。君は美しいうえに、とても賢い」

「か、からかわないで」

クリスティアナはドキドキしてしまった。美しいだなんて思っていないくせにと可愛らしくむくれる。

「――すまない、怒らせるつもりはなかったんだ」

彼が詫びるようにぎこちなく笑みを作る。

冗談だったのか、本気だったのか。しかしクリスティアナがそれを確認する術は、彼の続く言葉でなくなった。

「可能な限り調べたが、今のところ進展はない。弟は現地で調べられることを、僕は『変身』に関する各国の諸説を集めている。できることなら弟に、普通の幸せを与えたい」

普通の、という言葉がクリスティアナの耳に悲しく刺さった。人を襲う狂暴な獣になってしまうという事情。それも望めないほど彼の弟は――と想像がかきたてられた。

「僕達獣人族は、恋する種族でね」

「恋？」

彼の口から、そんな言葉が出たのが意外だった。

「ああそうか、この国にまでは伝わっていないのか」

思うままに語っていたのか、シリウスが今気付いたといった顔をする。有名な話なのかとクリスィアナがザガスに目を向けると、彼も苦笑顔で肯定してきた。

「獣人族は、『誰かを愛し、愛されて家族になりたい』というロマンを抱いているんですよ」

「そうなの？　それは……知らなかったわ」

「戦闘種族なのに意外だった？　なかなか伴侶を見付けないと言われている、僕の一族もそうだ。晩婚だったが、父と母も、仮婚約を経ての恋愛結婚だった」

獣人族の婚姻習慣で、まずは婚約の候補者を立てること。そうクリスティアナが思い返していると、シリウスの目に睫毛の影が落ちた。

「……弟はどうやら、恋する相手を見付けたようだ。でもこのままでは、きっと諦めてしまうだろう。だから僕は、どうしても解決へと導いてやりたい」

それが、頑張り続けている理由。

「あなたは？」

クリスティアナは、思わず口にしてしまった。

「あなたも、その『恋する種族の獣人族』なんでしょう？」

「…………僕は、獣人族らしからぬ風変わりな一人さ。そんなこと、望まない」

嘘だ。

クリスティアナには、俯く彼がどこかつらそうに見えた。彼が獣人族は、恋する種族だと先程言ったばかりだ。

弟が幸せになれると分かるまで、彼は全てを捧げる覚悟なのだろう。

過去に何があったのか分からない。弟との間での苦労も……けれど、そうだとしたら彼の決意は、相当つらいものに違いなかった。

「よければ、私も協力させて」

クリスティアナは、気付けばそう提案していた。

「弟さんのことを知って、何もしないなんてできないわ」

シリウスが、どこか眩しそうに見つめてきた。

「協力してくれるのならとても有難いが――しかし、いいのか？」

「これまで隠していたことを悪く思っての確認？　それとも、その目的のために、私の『賢者の目』を利用しようと考えて、お父様達の前で思わせぶりな態度を取ったこと？」

クリスティアナがきっぱり告げれば、彼と一緒にザガスも苦しそうな顔をする。

「殿下は、結構言いにくいことも口にしてしまえるお方なんですね」

「今はそんなに時間がないんだから、ここでモタモタしたって仕方ないでしょう？　お互い、ぎすぎすしたことだって、ここでスッキリさせた方がいいわ」

「ふっ……君のそういうところ、僕はいいと思う」

シリウスが、小さく吹き出して苦笑した。

この国の女性では美しくないとされていることだ。ザガスが「同感です」と温かな苦笑をもらし、何よりシリウスが嫌いじゃないと思ってくれていることが、クリスティアナはくすぐったかった。

「さっき私室で謝ったのは、それを含めていたと分かったから再度の謝罪は不要よ」

「分かった。君がいいと言うのなら、今出そうと思っていた謝罪は引っ込めよう」

「ええ、そうして。私はあなた達の案内役なの、話を聞いたからって降りるつもりはないし、いい協力者になれると思うわ。賢者の目の活動もあって伝手も多くあるから、あなた達の滞在中に間に合うよう変身関連の文献の情報も集めてみる」

「それは助かる。ありがとう」

「俺も殿下の活動を支えます。必要があれば、なんなりとお申し付けを」

シリウスが手を前に差し出し、クリスティアナが上に重ねる。その手の甲にザガスが手を置き――そして三人は結束することになった。

◆

クリスティアナと別れたのち、大公らとの会談のため大広間へと向かう。

もしかしたら打ち明ける日が来るかもしれないとは、シリウス自身が薄々感じていた――現実となったそれは、同時に残酷な事実を彼に突き付けもした。

「大丈夫ですか？」

一緒に参加する予定のザガスが、肩で風を切るように歩くシリウスを窺う。

「様子を見ていてなんとなく察していたんですが、私室に突撃したのを見て確信しました。クリスティアナ王女殿下は、シリウスさんの相性がいい相手なんじゃ――」

「黙ってくれ、ザガス」

硬い声にザガスが口を閉じる。

感情的に言葉を遮ってしまったと気付いたシリウスは、自己嫌悪して髪をかき上げた。

「すまない……。ただ、そんなのは僕がとっくに知ってる」

「シリウスさん……」

昨日、咄嗟に彼女を抱き締めてしまった際に確信した。

それは、シリウスにとっても想定外のことだった。獣人族は、運命の恋の相手に対して察知能力があるというが、そんな感覚はまったくなかった。

「相性がいいどころか、どんどん惹かれて――もうとっくに恋に落ちてしまったよ」

彼は思い返しながら懺悔するように言った。

いや、兆候は初めからあったのか。

クリスティアナを見た時に感じた不思議な感覚。それが相性の良さからのものだったことを今になって思い至り、シリウスは唇を噛み締めた。

初めて王と謁見した際、王家の者達が並んだ席の一番端に目が引き寄せられた。

そこにいた彼女を目にした瞬間、シリウスは不思議な感覚が胸に押し寄せ、視線を離せなくなったのだ。

（あの一瞬が、僕の人生を分けたのか）

心からそばにいたいと欲する女性なんて、自分には存在していないとさえ思っていたシリウスにとって、クリスティアナへの想いを自覚させられた時の衝撃は大きかった。

昨日、窓を開けた彼女の姿に心を奪われた。

太陽の柔らかな光に、クリスティアナの金髪がきらきらと光を放っていた。風景を映すルビーの瞳は艶やかで、美しい横顔に彼は見惚れた。

――精霊みたいだ。

そんな感想と共に、とてつもない尊さを抱いた。そばにいて欲しい。温もりを感じたい、抱き締めたい、彼女の香りを肺いっぱいに満たしたい――。

気付いたら、シリウスはこの腕の中にクリスティアナを閉じ込めていた。

かき抱いた身体は細く、柔らかで、甘い香りがした。驚く彼女が腕の中でハッと身を強張らせたのを感じた瞬間、噛みたくてたまらなくなった。身体の芯がカッと熱を持ち、感じる彼女の存在全てにくらくらした。

許されるのなら、その首の後ろに今すぐ唇を寄せてしまいたい衝動を覚えた。

そしてシリウスは、彼女に恋をしてしまっていると自覚した。

『姫様は、本日お会いになれないとのことです』

騎士からそう伝言を聞いた瞬間、シリウスは心臓を鷲掴みにされるような痛みを覚えて部屋を飛び出していた。

彼女に特別な気持ちを抱いてしまったことを、考えている場合じゃなかった。

昨日のことで『会いたくない』と思わせるほど困らせてしまった。彼女から避けられることを考えるだけで身が引き裂かれそうだった。

一日でも彼女に会えないなんて、嫌だ。彼女を見たくてたまらなかった。彼女の声を聞きたい、怒っているのなら謝罪したい——それは恋焦がれる相手への求愛反応だ。

「この僕にも、恋の相手が現れようとはね」

苦しくてたまらなくて、思わず自嘲めいた呻きをもらした。

叶わない恋なのに。

胸が締め付けられる。どうして、出会ってしまったんだと思う。シリウスは、弟を置いて先に幸せになんてなれない。大切な弟に獣化なんて知らなかった頃みたいに心から笑って、そして恋を叶えて幸せになって欲しい——。

ザガスが、重い沈黙を払うようにシリウスの肩を叩いた。

「して欲しいことがあったら、言ってください。いつもみたいに、突拍子のないことに付き合わせるでもいいんです。……全力で協力しますから」

けれどシリウスは、諦めるべきだと自分を戒めていた。

どれくらいあとになるか分からない結婚の約束を、異国の姫君にできはしない。

◆

二人と別れたあと、クリスティアナは両親達がいると聞いて後宮のヘレンナ庭園へ向かった。

後宮のヘレンナ庭園は、周囲を回廊に囲まれた王家の完全プライベート空間だ。国内の貴族に嫁いだ姉達も、よくやってきてはお喋りに華を咲かせていた。

（よし、やるわよ）

変身がテーマと言えば、『狼男』の物語がもっとも有名だ。

その影響なのか、国内には変身シリーズの伝承や逸話も多く集まっている。

だが、とくに『狼男』の原書に関わる書物は全て最重要貴重書物に分類されていた。その本や深い情報を探っていけるのがクリスティアナの強みだ。

（これまでの『賢者の目』の積極的な協力実績が、きっと後押ししてくれるはずだわ）

後宮の護衛騎士に案内されてヘレンナ庭園に訪れると、二人の母達と姉達と父がいた。

「どうした、可愛いクリスティアナ」

「お父様、その顔を王の間ではしないでくださいませね」

ひとまず溜息交じりに一応伝えておくと、父は向かってくるクリスティアナにいよいよだらしない顔で笑った。

「ここはプライベートな場だ、楽にして話していいのだぞ」

「これから賢者の目で予定も入っているから、長居はできないのだけれど……少し頼みたいことがあってここへ寄ったの――聞いてくれる？」

そわそわしつつ切り出すと、家族が顔を見合わせた。

「お前からの頼みは少ない。いいよ、それでは言ってみなさい」

にっこりと父が促す。不審がられないようにと気を引き締め、クリスティアナは『変身するタイプ』の書物の情報提供の協力願いの拡散を頼んだ。

王都には膨大な数の書物が集まっているので、その手の本を知っている高度な専門家達から推薦がある方が効率もいい。

「シリウスの弟さんが、学者さんなの。彼自身もその分野への学びが深くて、私も今回自国の伝承を研究する彼の話に興味があって……だから、その、資料があれば彼と一緒に読んでみたいなぁって」

これまで、興味が湧いた書物を取り寄せて読むこともよくしてきた。不審がられはしなかったが、とうとう最後、父達は満面の笑みになっていた。

「『シリウス』だって。あのクリスティアナが、殿方と一緒に本を読みたいだなんて！」

姉達が、とうとうこらえきれなくなった様子で口に手を当てて笑った。

「ふふ、クリスティアナにも春が来たみたいですわね」

母達も、品のある笑い声を上げる。

話した内容を思い返してみると、『彼に夢中になっていて一緒にいるための口実』にも聞こえて、クリスティアナは目元を赤くした。

「ち、違うのよ。私とシリウスは、そんな関係じゃ」

「あのお方も本好きなのでしょう？　あなたにとって、これ以上ない素敵な相手だと思うわ」

美しい姉が、組んだ手に顎を乗せて色っぽく微笑む。

「シリウス殿とザガス殿の滞在予定は、そろそろ半分になる。できるだけ彼らと過ごせるようこの父も協力しよう」

「……お、お心遣い、感謝いたします」

絶対、勘違いされている。けれどシリウス側に事情があると勘繰られても困るので、クリスティアナは熱くなった顔を伏せ、消え入りそうな声で答えた。

「そうかしこまらなくていい。元々『賢者の目』の持ち主は、知への探求心が強いと言われている。お前の母も、一つ興味が出ると私そっちのけで専門書を楽しそうに読んでいたよ」

「お母様が……？」

「あなたが産まれる前のことよ。後宮の自室が本で埋まってしまって、彼女をわたくしの寝室に呼んだこともよくあったわ」

第一王妃であるオリフィリシアが、思い返してくすくす笑う。

「あなたや、先日シリウス殿がした時以上だったわよ。ふふ、とても楽しかった」

「同感ですわ。陛下ったら、しょんぼりして入ってきて。みんなで一緒に眠ったりもしたわねぇ。懐かしいわ」

口元を扇で隠しつつ楽しげに話す母達を前に、父が照れたように頬をかいた。

◆

それからというもの、文献を持っているといった情報が手紙で届くようになった。それだけでなく「前回の翻訳協力ありがとうございました」「次もぜひ」……と言葉を添え、移動可能な書物も届いた。

クリスティアナも公務や賢者の目の活動もあったので、本が届いたら仕分けておくようにとメアリーゼ達に頼んだ。ザガスも外交や社交の合間に協力にあたってくれて、時には兵や騎士らと一緒にシリウスの部屋に本を運んでいた。

シリウスは協議や会合など、多方面への出席や移動も以前より増した。しかし合間で、より文献を読み込んでいった。

できる限りの情報を集め、弟に渡してやろうと考えているのだろう。

(彼にとって、世界で一番大切な弟……でも、特別なのは弟さんだけではないのよね)

彼の真っすぐな頑張りに心惹かれると同時に、内緒で落ち合って馬車から長らく出てこなかった女性のことが思い出された。

どんな関係なのかは分からないが、男女二人の時間を思うと胸が痛かった。

(どうしてこんなにも苦しくなるの……私は友人よ。彼に女性の存在があったとしても協力したい私の気持ちは変わらない)

彼の弟のためにも、集中しなくては。

情報の呼びかけをして四日、連日手紙のやりとりに追われるくらいには効果も出ていた。気付けばシリウスとザガスの滞在予定の日数も、あと二週間を切った。

その日も、クリスティアナは公務前の時間も忙しくしていた。

受け取ったばかりの本を胸に抱え、廊下を急ぎ走った。待ち合わせていた二階の図書室を訪ねる。

小さな円形テーブルにはティーセット。大きなテーブル席に本を積み上げて読んでいるシリウスとザガスの姿があった。すぐに彼の青い獣目がクリスティアナを見つめ返してきた。

「クリスティアナ」

彼の獣目が、僅かに細められる。

名前を呼ばれた瞬間、なんだか胸がときめきそうになった。

「次も公務が入っていると聞いたが、大丈夫か？」

「ええ、これを渡したらすぐに向かう予定よ。あ、立たないで大丈夫よ」

クリスティアナは胸を密かに落ち着け、ザガスを制してぱたぱたと向かった。

「エンリット大聖堂、だったか」

持っていた本をいったん膝の上に置いたシリウスが、外出先を思い返す。

「名所の一つですよね。俺も、先日紹介される機会があり訪ねましたよ。殿下は、他の姫君以上に活発的ですね」

「私のフットワークが軽いのを知って、お父様達が頼んでくるのよ。向こうも大歓迎してくれているの。……実を言うと、これくらいしか政治に参加できなくて」

テーブルに本を置いたクリスティアナは、表情を少し曇らせた。気付いたザガスが気遣わしげに顔を覗き込んでくる。

「殿下は、ご自身でも何か役に立つ仕事などがしたいんですね」

「ええ、そうよ。本当はもっと役に立ちたいわ」

クリスティアナは、見ている二人へ苦笑混じりに本音で答えた。

「他の王国では、姫だって国をよくしようともっと尽力できるんでしょう？」

「そうですね。イリヤス王国だと、最近姫が地方の災害復興に関わり、見事な采配と手腕を見せて功績を上げておられましたね」

「そう……羨ましいわね」

このエドレクス王国では、そのように姫が活躍していい風潮はなかった。とくに王侯貴族の女性は『遠くへ足を運ぶものではない』などとされている。

行動的なのも、賢くあるのも、男性に交じって意見するのも好まれない。

「私は他の国を知らないけど、生まれた時からそこには疑問を抱いていたの。……そんなことを思うなんて、いけないことなんでしょうけど」

外の国に嫁ぐべきだと、一つ上の姉は言っていた。想像ではあるのだけれと、そこではきっと元姫であることが役に立つだろうから――と。

「君の意見は正しい。自信を持て」

追加された本へ目を引き寄せながら、シリウスがそう言った。

「国のために役立ちたい、多くの誰かのためにありたいという気持ちは尊きことだ。どこの国だって重宝されるし、君は大切な要素を満たしている身分高き女性とも言える」

「そう、かしら……でも、なかなか思うようにはいかないものね」

「殿下は、今後きっと大活躍されますよ」

ザガスが、朗らかに笑いかけてきた。

彼らはあまりにも自信たっぷりで、クリスティアナは沈んでいた心が不思議と一気に軽くなってしまった。

こんな風に外交官らと深く交流ができたことに、感謝の気持ちが湧き上がった。くすぐったい気持ちに包まれて、はぐらかすように持ってきた本を薦める。

「これが追加の本よ。最高の学院と言われているアーベンハルツ大学校の蔵書。このタイトル達の翻訳版の原本は、ここだけにしかないの」

「心強いな。まさか大学校の本も貸してもらえるとは」

今になってようやくタイトルを見たのか、シリウスが早速手に取る。

彼はかなり頭がいい。リストでチェックしたタイトルは忘れない。表情にはあまり出ていないが、獣目に喜びが滲んでいるのが分かった。

(嬉しい)

彼の役に立てたことに、胸がぽかぽかと温かくなる。

こうやってシリウスを助けられることに、クリスティアナ自身も喜びを覚えていた。

「その本、以前図書室から大学校の図書館に依頼を出して断られたのよね？　その貸し出し要請が断られたのは〝お城側からの依頼〟だったからよ」

事情を知らされる前に、彼がそんな行動をしていたとは気付かなかった。先日教えられ、彼が断わられたという本をクリスティアナが個人的にお願いしたのだ。

「向こうは実質、独立体制なの。昔の学問の自由が問題になっていて、『庶民にも幅広く書物や学を見られるように』とお願いしているお父様達と争論しているところなのよ」

「学者達がかなり大きな顔をしているな、とは思ったよ」

「どうにか半数は父の味方になってくれたけど、門戸を開くことに渋っている学会や団もまだまだいて、会合を重ねてもなかなか――」

クリスティアナは、ふっと我に返った。

「いえ、ごめんなさい。自国の問題なの。私は『賢者の目』の活動で彼らをよく知っているから、……仲良くしてくれると嬉しいなとは思っているけど」

悪い人達ではないのだ。勉強熱心で、同じく書物を大事にしてくれている。

ザガスのそばで、シリウスもじっと見ていることに気付いて、彼女は妙な空気になった場を和ませるように話を戻した。

「そんなわけで、宮殿からではなく私個人で頼むと複雑な事情を挟まずに済むのよ。私は『賢者の目』を持っているから、みんな過剰に親切なくらい協力的なのよ」

「これまで協力したところは、とくにその傾向にあるわけか」

「まぁ、そういうこと」

クリスティアナが調子よく言うと、話をそらすことに便乗してやるという空気で、シリウスも会話に乗って苦笑を返した。

（……優しい人ね）

時々意地悪だったりするけれど、彼の本質は優しいのだと今では悟っていた。

「今回の書物以外にも、返事待ちのところがあるわ。あ、それから、あなたが一昨日の夕方に渡してくれたこのリストだけど、個人には貸し出しができないんですって。だから図書室に運んであるわ。そこで見てみてね」

「ありがとう」

彼に素直に礼を言われ、くすぐったい気持ちになった。

「いいのよ。これくらいしかできないけど、この城では私だけが『賢者の目』持ちだから、いい助っ人でしょ？」

「確かに」

ちらりとシリウスが唇の端を持ち上げる。ザガスも「最強の助っ人ですね」と太鼓判を押してくれた。クリスティアナは、こうして三人でいる空気をとても心地よく感じた。

◆

より忙しくなった日々も、だからこそ『もっと』と頑張れるのかもしれない。

クリスティアナは、シリウスとザガスと一緒に頑張れることを嬉しく感じていた。公務があっても、賢者の目としての活動があっても時間をうまく使った。

「届くものはいいとして、――あとは、実際に足を運ぶ予定をどう立てるかね」

公務を終えて自室へ向かいながら、シリウスが希望する書物の保管場所をメモした紙を眺めて考える。

いくつかの、持ち出し禁止の『歴史的価値がある指定貴重書物』の情報も集まっている。

それらは厳重に保管されている大変貴重な書物だ。古い時代のものだと、手書きで模写した大切な原本や初版翻訳版だってある。

（シリウスの外交も、丸一日の休みがないくらい入っているのよね）

あの調子で身体は大丈夫なのか、ちょっと心配になる。けれどそれを踏まえた外出予定を立てようと考えたところで、騎士の一人に呼び止められた。

「クリスティアナ王女殿下、陛下がお呼びです」

用件はなんだろうと不思議に思いながら、案内を受けて王の間へ向かう。

王の間には、ひと休みしている父と第一王妃オリフィリシアの姿があった。クリスティアナがそばまで寄ると父が手を引いて彼女の頭をなでなでした。

「クリスティアナ、よく来たね。今日も可愛いなぁ」

「……お父様、私はもう二十歳です」

全く、と思いながら照れ臭さを隠して唇を尖（とが）らせる。すると父が、正面からクリスティアナと顔を合わせてきた。

「彼とはどうだ？」

早速尋ねた父の顔は、母と揃ってわくわくしていた。その期待の眼差しに、シリウスとの現状の進展確認で呼んだらしいと分かった。

一瞬動揺した。胸の苦しさを覚えて、クリスティアナは目を落とした。

「……彼は、ただの良き友人です」

シリウスは、こっそり会っていた女性がいた。

その事実をいまだ尋ねられないでいるのは、クリスティアナが今の心地いい関係を壊してしまいたくないからだ。

彼らの残る滞在時間を思えば、ぎすぎすした空気を作りたくない……。

そんなクリスティアナの気持ちを父は察したらしい。

「そうやって時々考える顔をしているのは、シリウス殿のことを想ってではないのか？　それはクリスティアナ自身も、今は彼のことが気になっているからではないのかな」

「私が、彼を気にしている……」

それは、あるのかもしれない。

クリスティアナは、シリウスのことばかり考えていた。あの日大学の図書館へ様子を見に行ったのだって、これまでの彼女ならしなかったことだ。

「ふふ、自分に素直になってごらんクリスティアナ。私もお前達が可愛くて、好いた人と結婚させている。お前の心が誰かに決まるまで、私もゆっくり待つさ」

「え？」

するとと母が、くすりと笑って教えてくる。

「あなたにも縁談話は来ているのよ。この国の外では、金髪の娘はとくに人気があるみたい。けれど外見だけ、政治の都合だけと判断したら陛下は断っているのですよ」

この前メアリーゼ達が言いづらそうにしていたのは、縁談話について父から口止めされていたからなのだろう。

「クリスティアナ、あなたは美しい娘よ。そして誰よりも賢いわ。あなたは、あなたのことを理解してくれる殿方と結ばれるべきよ。たとえば、シリウス様みたいなね」

母が茶化すように色っぽいウインクを送ってきた。

そのまま父と母から優しく手を包み込まれたクリスティアナは、温もりにじんっと胸が熱くなって涙腺（るいせん）が緩んだ。

シリウスの性格や、仕事に対する姿勢を好ましく思っている。

何気ない場面での言動で、一喜一憂（いっきいちゆう）してしまっている自覚もあった。

自分が彼のことを気にしてしまっているのは確かだ。でも考えようとすると、馬車の中へ女性と消えていったことが脳裏にちらついた。そのたびクリスティアナの思考は停滞する。

(これ以上は、だめ)

君以外の案内は嫌だと言われた時、胸に抱いていた心躍るような気持ち。時には甘く、時には切なく熱くさせるモノがなんなのか――。

気付いてはいけないと自制のような思いが働いて、彼女はまたそこで考えるのをやめた。

五章　次期外交大臣と学者

後日の午後に、クリスティアナはシリウスとザガスとサロンで落ち合い、文献を見に行く予定について話し合った。

どうにか一番早い日程をと考えたのだか、残念ながら三人一緒は難しかった。

翌日ザガスは別件で予定が入っていた。あとで話を聞かせてくださいと笑顔で見送られ、クリスティアナは動きやすい衣装でシリウスと共に馬車に乗り込んだ。

「場所がそれぞれ離れているけど、大丈夫？」

心配になって、向かいの席で手帳を開いているシリウスに尋ねた。

午前中は、互いに公務と外交関係の予定があって身動きが取れなかった。三箇所分の移動時間と目的の本の確認を含めると、午後四時までの間にこなせるか自信がない。

「問題ない。予定通り、夕刻になる前には片付ける」

シリウスが、手帳に走り書きした本のリストにチェックを入れている。

片付ける、だなんて荒っぽい言い方だ。けれど彼が口にすると、不思議と品があって仕事に集中している感じもあり、クリスティアナはドキドキしてしまった。

今日中に三箇所の本を見たい、というのが彼の希望だった。

「確か、翻訳されていない古語の原本は、今から向かう資料館だけだろう？」

「ええ、そうよ。あなたが石板の写しの原文を見たいと言っていたから、その古語が写し書きされたものを持っている館長に手紙を送ったの」

その本のシリウスが知りたいとする部分を、クリスティアナが翻訳して教える予定だ。

「なら、問題ない。一日で回れるよう〝策〟は練ってある」

「策……？」

いったいどんな策を用意したというのか。

しかしシリウスはそのあとに詳細を続けず、気前のいい音を立てて手帳を閉じ、どこか楽しげに車窓へと獣目を向けた。

間もなく、一番近いアイザード文献資料館へ馬車は到着した。

館長は用事で不在だったが、若い男性職員が二人を待っていた。

「ようこそおいでくださいました！　あなた様の『賢者の目』のご活躍は、館長や先輩方からよく聞いています」

トマと名乗った男性職員は、『賢者の目』を持ったクリスティアナを大歓迎した。「ぜひ握手を」と頼まれ、クリスティアナは自己紹介をしたシリウスに続いて彼と手を握り合った。

「ヴィクトルス館長は僕の勉学の師でして。幼いのに当時の末姫様も古い文献のご理解まで深く、当時からご立派であったと師もおっしゃっていました」

「えぇと。私は書かれている文字なら普通に読めるだけで、授業の合間の読書みたいに音読して協力しただけで――」

「とても素晴らしいことです！　王女としての勉学だけでなく、難しい古語などの翻訳も進んでされていただなんて尊敬です！」

（なんて熱烈タイプの学者）

握った手を興奮気味にぶんぶん振る彼に、クリスティアナは困ってしまった。

この国の一部では、『賢者の目』を崇拝（すうはい）している傾向があった。

名に『賢者』とつくのも、人々が『賢者様』と呼んでいたという歴史からだ。トマは目を輝かせてクリスティアナの赤い瞳（ひとみ）に注目していた。

「兄王子殿下達と政治の授業までとっていたというお話も有名ですよっ。隣国の王子殿下達からも注目を集めているとか！」

聞いているシリウスの眉（まゆ）が、ぴくっと反応した。

「えぇぇ、いや残念ながらそれはな――」

「いつかお会いできたらと思っておりました！　先日の歴史書物の考察の会合でも、とても素晴らしい考察を演説されたと師も感激していました！　その意見会をぜひ拝聴したかったのですが、殿下の講話は大人気でチケットもなかなか手に入らなくって」

「失礼、君の無駄話に付き合うために来たわけじゃない」

シリウスが身体を間に割り込ませ、トマの手からクリスティアナを取り戻した。獣目で冷ややかに見下ろす。

「こ、これは失礼いたしました。ミスター……えぇと」

「君は末姫に夢中で、先の紹介も忘れたわけか？　呆れたな。イリヤス王国の外交官、シリウス・ティグリスブレイドだ。早速案内してくれないか？」

「大変失礼いたしました！　それではこちらへどうぞっ」

シリウスの声には非難が滲んでいた。トマが逃げるみたいに踵を返し、入館させるべく慌てて先導する。

トマには悪いが、尊敬話から解放されて手を取り戻せたことにもホッとしていた。

クリスティアナは一緒に歩き出しながら、隣のシリウスを見上げる。

「シリウス、ありがとう――って、どうしたの？」

彼は顔に手を当て、溜息をもらしていた。

「想像以上に、自分の本能が強くて嫌になる」

「大丈夫？　もしかして、あなたの先祖返りが関わっていたりする？」

クリスティアナは、嗅覚も通常の獣人族より鋭いことを考えて心配になった。

「あの職員さん、香水が強めだったものね」

「君にアピールしたかったからだろう。姑息だ」

「何を苛々しているのよ？　やっぱり匂いがきつかったのね」

「違う。そうじゃない」

　こらえるような声で遮った彼が、入館すると同時に、フロアで待っていたトマをギロリと睨んだ。

　向こうにいたトマが「ひぇ」と震え上がる。

「そんなに怖い顔しちゃだめよ」

　クリスティアナは慌てて正面に回り込んで遮った。シリウスがぐぅと表情を歪め、けれど不服そうながら言葉に従う。

「えぇと、その、あなた色々と大丈夫？」

　素直に聞いてくれたシリウスに、なんだか胸がそわそわした。

「少し様子が変みたいだし、獣人族の先祖返りの習性とかだったら隠さなくていいのよ。私に何か協力できることはある？」

　これから書物がある場所に案内される予定なので、このままだと彼も困るだろう。

　するとシリウスが、少し動きを止めて考え込んだ。

「……なら、一つだけ頼んでもいいか？」

「ええ、いいわ。なんでも言って」

　こんなことは初めてだ。

クリスティアナは頼られたことを嬉しく思った。彼に顔を寄せ、言葉を待つ。

「僕にエスコートされてくれないか」

「……ん？　それは……あ、腕を押さえていて欲しいということかしら？」

告げた彼は甘い雰囲気ではなかった。その腕に目を落としてみると、暴れそうなのをこらえているようにも感じた。

「まぁ、それで落ち着くのならするわ」

彼がピリピリしているのは、獣人族特有の理由なのだろう。だったら協力しないわけにもいかない、となんだか言い訳みたいに思いながら彼の腕に手を絡めた。

品よく着込んだシリウスの腕は、引き締まっていて意外と男らしかった。

先日、その腕に抱き締められたことを思って顔が熱くなる。

(こ、これは協力要請であって、深い意味はないのよっ)

本来なら男性がエスコートするものだが、顔が赤くなる前にと思ってクリスティアナは彼を引っ張った。シリウスが少し目を見開いて――。

「――君の、そういうところが」

けれどその声は、クリスティアナには届かなかった。

一緒に歩み寄られたトマが、シリウスを怖々と見やって言った。

「殿下、国賓であらせられる彼は獣人であるとは聞いていますが……その、大丈夫なんでしょうか？」

「大丈夫よ。さっき睨んだのも気にしないで、急に噛みついたりしないわ」

「君、僕のことを大きな猫か何かだと思っていないか？」

隣からすぐシリウスが口を挟んできた。

「虎ではあるんでしょう？」

「だから、猫科ではなく古代種の――」

言いかけた彼が、何をしているんだという表情を浮かべて口を閉じた。

トマが二人を案内したアイザード文献資料館は、広々とし、数人の学者がいるだけで静かだった。

外観が近代建築の建物である。

天井は高く、大理石に似た素材の床は美しい。書物保存のため換気も行き届いていた。

「この中に、君が翻訳したものもあるのか」

シリウスが歩きながら感心したように見回す。

腕を取っていれば、落ち着くのは本当だったようだ。クリスティアナは「ええ」と頷くと、彼が見ている方を眺めた。

「私が翻訳に関わった本もあるでしょうね。それから、お母様がしたものも。読書するみたいに翻訳できてしまうから実感はなくて、でもそれが私も楽しく思っていて」

「君自身、文献や残された遺跡の謎を楽しんでいた？」

「ええ、そうよ。翻訳するのと同時にそれを楽しんでいたわ」

まさにそうだと思うことをシリウスに言い当てられて、クリスティアナはなんだか嬉しくなる。

『賢者の目』の活動は強制ではない。それでも彼女は率先してやりたがったし、協力依頼がくるたびに胸が躍って『もっとないの？』と尋ねたりした。

そう話すと、見つめているシリウスの獣目が優しさを帯びた。

「そうか。無理をしていないなら、いいんだ」

柔らかな微笑に、クリスティアナの胸がどきんっと大きくはねた。

（もしかして、賢者の目の活動をしている私の身を案じてくれた……？）

どきどきしながら見つめた矢先、彼がふっと切なそうに笑って視線を戻していった。

「君も、結局のところ好きなんだな」

そんな彼の言葉にハタと我に返る。

（つまりシリウスも、そういった書物を読むことが好きになっているのではないかしら？）

そう思っていると、トマに本が用意されている別室へと通された。

「入室者がいる間、扉の前に職員が一人付く決まりになっています。ご了承ください。終わりましたら、本をテーブルに置いたままご退出くださいませ」

「奥にしまってあった貴重な本をここへ移動してくれて、ありがとう。協力を感謝するわ」

「いえ、うちに読みたいご本があるのなら、いつでも申し付けください」

トマは誇らしげにはにかみ、外から扉を閉めていった。

「警備が厳重だな」

外の音が完全遮断されたところで、シリウスが鼻から細い息をつく。

「貴重な本だからよ。あなたも手袋をしてね」

「分かっている。その手の書物も、何度も経験済みだ」

小さな室内には、立ち見台用の鑑定台のようなテーブルが一つだけ置かれていた。

そこには四冊の本が置かれていた。一緒に用意されていた白い手袋をつけ、二人は早速それを引き寄せる。

「古語の原文は、この二冊か。この文字は弟が知っているやつだな」

彼が、二冊をしげしげと眺める。

「確か、エルダー大陸のアトリティア文化の文字、だったか」

「そうよ。さすがね」

「生憎（あいにく）、僕は読めないけれどね。外国語の習得に必死だった」

彼はそう言って、ちらりと苦笑をこぼした。

十ヵ国以上の言葉を話せる方がすごいのだ。社交界でも彼の評判は高く、よく噂（うわさ）されていた。

十代の頃(ころ)には、すでに八ヵ国語を極めていたのだとか。

(それに比べれば、自分なんて全然だなと思わされるのよね)

クリスティアナは気を取り直して、彼からその二冊を受け取った。

「私がこの本の章タイトルを紙に書き出しておくから、その間にあなたは翻訳版の二冊を先にチェックして」

「分かった。だが君の方は大丈夫か？」

「分厚いけど、タイトルだけだもの。ぱぱっとやっちゃうわ」

「僕はこの手の博物館級の手書き書物にも覚えがあるが、章もかなりあるんじゃないか？」

「大丈夫よ。全……四十三章って嘘(うそ)でしょうっ？」

しかも、各タイトルがすごく長い。慌てて二冊の目次を調べてみれば、書かれている章の数はほぼ同じくらいあった。

目次を開いて固まったクリスティアナを見て、シリウスが軽く笑った。

「どうやら、君が翻訳してきた手書きのものとは、タイプが違ったみたいだな」

「いえっ、平気よ！　章が細かく分けられているのなら、あなたが読みたい部分も探しやすいでしょうしかえって好都合っ」

彼女は自身を奮(ふる)い立たせるようにそう言った。動揺したのを必死に誤魔化したのだと分かったのか、彼は顔を横に向けて肩を揺らしていた。

珍しいから見てみたい気もしたが、クリスティアナはぐっとこらえて作業の支度をする。

「そっちが終わったら、こっちの原文版の翻訳して欲しい箇所を上げてね」

「承知した。分担作業といこう」

時間はない。二人は椅子もないテーブルに大きな本を広げると、それぞれの作業に取りかかった。

シリウスがテーブルに置いた銀の懐中時計が、コチコチと秒針を刻んでいた。クリスティアナが紙に章タイトルを書き出す音、ページをめくる音——それからシリウスが手帳に書き込む音もする。

「珍しいわね。まとめているの？」

珍しく大判の手帳を持ってきていたことを思い出し、思わず尋ねた。

「今日は僕の頭の中に入れるだけじゃなくて、この作業も必要でね」

同じく馬車に置いてある茶封筒も、何か意味があったりするのだろうか。

だが、そんなことを悠長に考えている暇はなさそうだ。シリウスは手帳にさらさらと猛スピードで書き込んでいく。

待たせてしまうことになったら大変だ。クリスティアナは本の章タイトルを紙に書き出すことに専念した。

「この翻訳版の文献は共通点があって、違いが少ないのも面白いな」

ふと、シリウスが本を閉じる音がしてガバリと顔を上げた。

「あなた、チェックするの早すぎないっ？」

「必要な項目を拾って読んでいる。訓練していてそれなりに速読も可能だ」

とすると、速筆も訓練の賜物なのだろう。クリスティアナは頭が上がらないなと思いながら、翻訳し終わった一冊目の章タイトルの一覧を彼に手渡した。

「二冊目は残り五タイトル分だから、読んでいる間に書き終えるわ」

「分かった」

言いながらも章のタイトルの翻訳に目を通していたシリウスが、ふと上にある題名を見て、皮肉気に口端を持ち上げた。

「『呪われし館の獣』に『狼になった呪いの男』ね――まさに、呪いだよな」

彼にとって、獣化はそう思えるようなことなのだろう。クリスティアナは、なんとフォローの言葉をかけていいのか分からなかった。

この原文版の二冊は、『狼男』のベースになった最古の物語という説があるシリーズだ。

「えぇと……それで、どの章を読みたい？」

書き終えた二冊目の章タイトルの方も渡したタイミングで、そう声をかけた。

「そうだな。呪いが解けた章で、ヒントになりそうな言葉や内容がないか見てくれ」

「つまり先にネタバレを……」

「なんの問題が？」

「いえっ、問題は何もないわ。うん、当然よね」

クリスティアナは、シリウスから目を逃がして慌てて一冊目の本を引き寄せる。これは調査であって、貴重な本を読んで楽しむために来たのではない。

（うぅっ、私も未読の本だから、もったいないような気がするけども……！）

しかし彼の希望した章ページの古語を、ざっと読み上げながらヒントになりそうなことを探していたクリスティアナは、ふとある文章を指で押さえた。

「ここに書かれている言葉、すごく気になるわ」

「なんと書かれてあるんだ？」

シリウスが、横からずいっと本を覗き込んでくる。

【聖なる癒しは、獣を人に変えた】

クリスティアナは、その文章部分を一字一句正しく口にした。聞いたシリウスが、眉間に皺を寄せて顎に手をやった。

「物語だと気にしていなかったが、それと似たような記述を、国内の古い作品でも見かけた気がするな。何かの比喩的表現か？」

「あなたの国の古い物語にもあるのね」

「君は、別件で何か気になってもいるみたいだな」

「ええ、その……なんだか少し引っかかっているのよ」

これまで読んだ膨大な本の中で、シリウスから聞いた『獣になる人間の話』、それから彼が探している『変身シリーズの古いおとぎ話』の原作版（オリジナル）が結びつくモノを。

「覚えているというのも、末恐ろしいな」

「好きだから勝手に記憶してしまうんじゃないかしら。他（ほか）の『賢者の目』の人は、そういうことは少ないらしいから珍しいかもしれないけど」

シリウスが手帳に書き込むそばで、クリスティアナは二冊目の本を開いた。

手書きの文字が並んだページを開いた瞬間、彼女の赤い瞳に映った古語が現代語へと文字を変えて頭の中に押し寄せてくる。

【心を癒された獣は、人に戻った】

一冊目と同じ部分を比べると、二冊目にはそう書かれていた。どうやら、どちらも最後は主人公が人に戻ることで終幕するようだ。

「原作のあるものだと、悲劇的な終わりが多い印象だったんだが」

「原作があるのは悲恋ものがほとんどね。ハッピーエンドものは、目録に載っているくらい少なくてコレクション番号が付いていていて――あ」

「なんだ？」

クリスティアナは言いかけた手前誤魔化せず、じっとこちらを見つめているシリウスに小さな声で打ち明けた。

「えっと……原作がある一部の書物は有名な目録に収録されていて〝各持ち主達が大事に保管している〟状態で、実質閲覧は不可というか……」

これらはアラン・カルシカータ図鑑目録に収まった、原作の全三十冊と言われているものだ。

番号が浅いほどに年代が古く、より貴重となっている。

読める人間が所持していて、翻訳の許可を出していないので翻訳版は出ていない。

「そうか、例の国内事情の……こうくると今になって厄介だな」

シリウスも『学者の独占問題』を思い出したらしい。当初はあまり関わりを感じていなかったようだが、今は眉間に皺を刻んでいる。

「ごめんなさい」

「いや、君が謝ることじゃない。君が引っかかっているのは、そこだったりするのか？」

「どうだったかしら。ずっと昔に数冊だけ、読んだ覚えがあるけど……」

クリスティアナは、うーんと考え込む。

『アラン・カルシカータ図鑑目録』も、王都外に拠点を構えているとある教授会が所有していて公開されていない。

時間がないので、まずは目の前の原作版二冊に集中することにした。シリウスが手帳を片手に章タイトルを眺め、彼が気になったところをクリスティアナは読み上げる。

「確か、次の遺跡資料館の書物も、これに連なる文献だったな」

一通り確認し終え、シリウスが手帳をしまってそう言った。

「最古の作品ではないけれど、題材とされたという説がある逸話の原文翻訳版もあるわ。もう一箇所の方も、そう」

どちらも翻訳されているものだ。

数はこちら以上にあるが、二人で手分けすればどうにかなるだろう。


続いて、馬車で遺跡資料館へと移動した。

手紙をくれたハウワード文献保存会長は、シリウスの来館も歓迎してくれた。クリスティアナは、彼が獣人族に対して良心的な派閥だったことにホッとした。

イリヤス王国は、とても遠い国だ。使者以外に獣人族を見たことがなく、国民の反応は好奇心と未知の畏(おそ)れが半々だった。

けれどシリウスは、そんなこと気にしていないようだ。

「イリヤス王国でも、王都から離れるごとに似たような反応だ。とくに、僕みたいに先祖返りで獣目が特徴的だと、遠くからでも目立つ」

隠すなんて考えたこともない。他者の反応は千差万別(せんさばんべつ)。普段から堂々としているのだと聞いて、クリスティアナは彼らしいと思った。

情報提供のあった書物は九冊あった。約半分がハッピーエンドものについて触れている貴重な考察書で、シリウスは手帳にかなり書き込んでいた。

「あら、別手帳に題名を書き込んでいるの？」

「念のためにね。のちのちリストで見掛ける機会があったら、逃せないだろう」

抜け目がない。あとで読み返して記憶に叩き込むつもりなのだろう。

残る滞在期間は、一週間と数日だ。シリウスは外交に時間を多く取られているので、時間は有限だと無駄にしない心構えなのだ。

彼が書き留めている書物が、閲覧不可本の可能性を考えると胸が痛い。

クリスティアナは申し訳なく思いながら、先に二冊の本で彼に必要そうな文章があるページに素早く紙を挟んでいった。彼の方へと寄せ、三冊目の逸話本を手に取って彼が必要そうになる場所を探した。

「君は、もしかしてこの二冊は読んだことがあるのか？」

「え？　ああ、そうよ。どうしてそう思ったの？」

「記憶していないと無理なくらいに的確な動きだったから。――まさかとは思っていたが、文章も覚えているのか？」

「覚えているけれど、それが何？」

不思議に思って首を傾げて見せると、シリウスが小さく目を見開く。

「三箇所目で使える時間が少なくなってしまうわよ。確認してみて」

「ああ、そうだな」

テーブルにまた置かれた銀の懐中時計を見て、シリウスも作業に取りかかった。

「自室でまとめる時間が取れたら良かったんだけどな」

「あなた、普段毎日そんなことをしているの？」

「しているよ。夜に部屋でまとめているんだ」

答えながらも最後の本を閉じた。彼の目元にさらりとかかった白い髪は、やはり光の加減か動くと毛先の色合いの印象が変わる。

（綺麗な、獣の瞳だわ）

長い前髪は邪魔にならないのかしらと思って、クリスティアナはつい眺めてしまう。

「――僕の獣目が、そんなに気になる？」

不意にシリウスが意味深に微笑んできて、ドキッとした。

「先日いくら観察しても構わないと言ったのは、意外と君は僕の獣目が好きだったりするのかな、と自惚れてもいいんじゃないかと考えたからなんだが」

「えと……実は、それもあるんだけど……」

「『けど』？　他にも何か？」

手帳と銀の懐中時計をしまったシリウスが、素早く顔を寄せて確認してきた。

「な、なんでそこで食いつくのよっ」

「食いついてはいない。ただ――そう、時間がないから早く解決しておこうかなと思って」

シリウスは、聞くまで退かないと言わんばかりだった。たじたじになったクリスティアナは、視線を逃がして白状する。

「……あなたの髪も美しいから、つい見てしまうのよ」

するとシリウスが、どこか得意げな笑みを浮かべて頭を起こした。

「さて行こうか」

彼が率先してクリスティアナをエスコートし、閲覧室から出る。

「急に元気になったというか、どうしたの？」

「いや。オスとして魅力的なのは、いい気分だなと」

（自分が美しいことを分かっている癖に、いまさら？）

クリスティアナは疑問を覚える。けれどそのまま遺跡資料館を出ることになり、待っている馬車へと足を進めた。

御者が馬車の扉を開け、シリウスに手を差し出される。

「どうぞ。馬車のステップには気を付けて」

「……別に、エスコートはいいからと言ったのに」

でも、勝気な表情を浮かべる彼の手を断れない。

彼との活動が、楽しい。そんな思いが込み上げて、調子がいい彼に付き合うようにクリスティアナはその手にエスコートされた。

続いて向かったのは、今日最後の目的地であるハルベン通りの学士ホールだ。

彼がまたしても「腕を押さえていてくれ」と言ってきたので、若い学者が多い中、恥ずかしさをこらえて腕を絡めて歩いた。

「学者にしては、随分と絢爛豪華な建物だ」

「皮肉を言わないの。会員になるためには学者としての階級も必要で、推薦か紹介がないと入会できないから、みんな誇りを持っているのよ」

この学士ホールは、名誉博士ルネヴィッド伯爵の別邸を増改築したものだ。

建物は華やかで、エントランス部分も黄金が目を引く。図書室はそこを過ぎてすぐのところにあった。

入り口からカウンターの方へ許可証を持ち上げて見せれば、職員のコートを着た男達が快く入室を促す。それを横目に見たシリウスが「ふうん」と言った。

「君、慣れているみたいだな」

「ここにもよく来ていたからよ。最近も、確認された貴重本の公式読解に同席したわ」

王族の女性の公務は、男性より少ない。しかしクリスティアナは『賢者の目』持ちの異例の姫として活発的に活動し、忙しくしていた。

「どうりで、みんな君のことをジロジロと失礼にも見てくるわけか」

なるほどと、アーチの出入口をくぐりながらシリウスが呟く。ピリピリとした雰囲気を感じて見上げてみると、シリウスの横顔は不機嫌そうだった。

（彼は人混みが個人的には嫌いなのかも……それから、たぶん、香水も）

本棚がずらりと並んだ図書室は、男性向けの高級コロンの強い香りで溢れていた。

「え、と……教えてもらった本棚の場所は自分で探すことになるわ。本当に一人で大丈夫？」

「大丈夫だ。一人で回れる」

気遣う目を向けられ、シリウスが溜息をこらえる顔をした。

「すまない、心配をかけるつもりではなかった。僕はこちらのリスト分を回収する」

「分かったわ。それじゃ打ち合わせ通り、こっちの紙のリスト分は私が取ってくるわね。でも、私の方が数も少ないけどいいの？」

「この時間だと、もしかしたら僕の方が先に済んでいるかもしれない」

「え？」

くんっと匂いを嗅ぐように顔を少し上げたシリウスが、急に腕を放して「それじゃ」と言って、早速歩いていってしまった。

（離れたくないように腕を掴ませたり、今度はあっさり離れていったり……ほんと、よく分からない人ね）

クリスティアナは、なんだか寂しさに似た気持ちを抱いた。

でも内容をチェックする時間を考えれば、本を集めるため迅速に行動した方がいい。

棚番号を写し書きした紙を片手に足を進めた。

姫だと分かっているのか、学士達が通路を空けたり会釈をしてきたりした。見知った広い図書室を奥まで進む。

（初めてだと迷うだろうから、私が担当して良かったわ）

目的の本棚を見付けたので、早速棚同士の間へ突入する。

だが直後、出てくる人とぶつかりそうになった。

「きゃっ、ごめんなさっ……あら？」

慌てて立ち止まったクリスティアナは、赤い目をぱちくりとする。

「シリウス。あなた、東側から見てくるんじゃなかった？」

いつの間に移動したのか、目の前にいたのはシリウスだった。

彼の方も驚いたのか、珍しい感じで目を丸くした。

「そうか、僕は君にそう言っていたのか。その、急だがこちらから回ろうと思って」

あまり間も置かず咳払いを挟んだ彼が、やや早口で言った。何やら急ぎ考えているのを誤魔化すみたいにも感じた。

（気のせいかしら……えっ？）

クリスティアナは、シリウスが厚地のローブに身を包んでいることに気付いた。

それは、女性と馬車の中に消えたあの日と同じものだった。

「あなた、いつの間にローブなんて着たの？」

不安が膨れ上がったクリスティアナは、返事も待てずに彼をぐいぐい押して本棚の間に戻させた。

「いったい何を――」

「お願いシリウス、正直に答えて」

内緒話をするため、声を潜めて素早く真剣に切り出した。

「あの時一人で図書館に行ったあなたが、女性と合流するところを見てしまったの。私についてきて欲しくないみたいに案内を断ったのは、女性と会うためだったの？」

見られていただなんて思っていなかったのだろう。彼がハッとしたのを見て、その女性に心当たりがある様子に胸の奥が切なく締め付けられた。

「それは……すまなかった、まさかそんな風に受け取るとは思ってもいなくて」

「私の方こそ、探るようなことをしてごめんなさい。こんなところで言いたくなかったんだけど、ずっと気になっていて……あの、女性と馬車の中で何をしていたの？　あなた、かなり長い時間出てこなかったわよね？」

戸惑いと不安から言い募ってしまった。

彼がさっと顔色を悪くした。迫る彼女から逃げるように後退する。

「まさか。誤解だ、君の考えているようなことは何も――」

「なら、どうして密室で二人きりになる必要があったの？」

後退し続けていたシリウスが、とうとう奥の壁に背をつけた。

さっきは腕を取らせてくれたのに、彼は『触りません』と主張するかのように両手を胸の前に上げた。

「ほんとだ。やましいことなど一つもなかったと、誓うから」

クリスティアナは、動揺が滲んだ彼の台詞(セリフ)に違和感を覚えた。考えがよく回って口達者な印象がない。

変だなと思ってまじまじと見上げたところで、ハタと気付く。

艶(あで)やかな獣目の青は、いつもより薄い色合いで印象が違っていた。驚きを覚えた時、彼の頬(ほお)がじわーっと赤くなって思考が停止する。

「は？」

「……あの、あまり、見ないで欲しい」

クリスティアナがぽかんとしていると、シリウスが赤面を遮るように両手をかざした。

「ごめん、悪気はなかったんだけど、もう限界」

「あの、待って、いったいなんの話？」

「そ、その、君みたいな美しい身分高い人に、じっくり見られることなんてないから……とても恥ずかしくて」

今度はクリスティアナが真っ赤になった。

目の前にいる彼は、シリウスではない。

彼が恋でもしたみたいに恥じらってくれることなんて、ないから。けれど『嬉しい』という気持ちが胸に込み上げて、耳朶までカッと熱くなった。

そうやってシリウスに、『美しい』と思われたかった自分の本音に気付かされてしまった。

そんな願望を抱いてしまうほどの好意を、シリウスに感じてしまっている。

（ああ、なんてことなの。私、シリウスが好きなんだわ）

自覚したら、どんどん顔が熱くなった。あの色合いが濃い煌びやかな青い獣目と、雪みたいな白い髪にもとっくに心奪われているのだ。

でも、この気持ちは隠さなければならない。

シリウスは今、弟のことで頑張っているところなのだ。

（知られてしまったら彼を余計に困らせて――ん？　待って、『弟』？）

クリスティアナは、シリウスが弟と手紙でやりとりをしていたことを思い出した。

顔が似ている、とくれば思い当たるのは、血縁、だ。

「ねぇ、あなたはシリウスとは別人……よね？」

最初の確認が間の抜けた感じになってしまった。好きになった人と同じ顔の人がいるなんて思わないし、シリウスだったら言わない台詞と仕草にまだ頭の中は騒がしい。

「もしかして、手紙をやりとりしていた『弟さん』じゃない？」

「そ、その……」

目の前の『シリウス』が、恥じらった顔で困ったように目を伏せる。

（その顔やめてーっ！）

見ているクリスティアナの方が恥ずかしくなってしまった。シリウスの個人的な表情を盗み見てしまっている心境だ。

「クリスティアナ、あまり弟に迫らないでやってくれるかな？」

その時、悠々といった感じで美声が後ろから上がった。振り返ったクリスティアナは、同じ綺麗な顔を顰(しか)めているシリウスに安堵(あんど)と同時に驚愕(きょうがく)する。

「見れば見るほど同じ顔……弟、なの？　身長も同じで瓜(うり)二つなんだけど⁉」

徐々に驚きが鮮明になってくる。

「そう、僕の弟だ。……君が気付いてくれたのは、嬉しいけど」

シリウスが視線を一度逃がし、顔の下を手で覆って小さく言葉を落とした。

（この人が、『獣化』を持った弟……）

クリスティアナは呆然と『偽物シリウス』を見た。するとローブを着た彼が、抑えていた驚きを顔に出して温厚そうな声色で言う。

「兄さん！　何も説明していなかったなんてっ。おかげで、とんでもない勘違いをされそうになっていたよっ」

「分かってる、すまない。その誤解についても全部聞こえていた。僕らの耳は、並みの獣人族よりもいい。先に書物を確認してくれてありがとう、ルキウス」

「いや、兄さんの匂いがしたから小声で『終わったよ』と言ったけど、まぁ、伝わっていたようで何より……じゃなくてっ」

偽物シリウスが、急に胸の前で手をぶんぶん振った。

「ぼ、僕、姫様に触ったりはしていないからね!?」

表情以外は鏡映しみたいな二人だ。彼らを忙しく見比べていたクリスティアナは、ハッとして二人の間に声を割り込ませた。

「ちょっと待って、あなた達兄弟って双子なの!?」

すると、二人が会話をぴたりとやめてクリスティアナへ顔を向けてきた。

一方は顰め面、一方は窺うような謙虚な表情だ。

クリスティアナは、頭がこんがらがりそうになった。着ている衣装も全く同じで、唯一の違いは『偽物シリウス』が旅向けのローブを羽織っていることだ。

「…………僕は、双子の弟だと君に言ってなかったか？」

しばし考えていたシリウスが、ようやく言った。

「言われてないわよ！　『弟がいる』としか聞いてないっ」

「それは――すまなかった」

シリウスが詫びた。その横で同じ顔をした弟が「兄さんが謝った……！」と驚愕の表情を浮かべている。

（普段、どれだけ俺様っぽい兄なのかしら……）

クリスティアナは、一気に毒気が抜けてしまった。同じ顔と背丈をした二人を前に、双子だったという衝撃もすごかったせいだろう。

こんなに美しい人は見たことがないと思っていたのに、まさか二人いただなんて。

「こちらは弟のルキウスだ。君のことは話してある」

「ちょっと待って、だから私はちっとも相談されていないんだけど!?」

「時間があるかどうかも分からなかったから、あとで君に教えようと思っていたんだ」

実際に目の前にいた方が説明しやすいだろう、とシリウスは述べてくる。本当なのかしらと、クリスティアナは弟のこととなると浮かれる彼を疑った。

「彼は今日、自国に戻るために出国する予定だったんだ。だから、今日中に三箇所を回りたかった。時間が間に合わないことを考えての『策』が、これだ」

これ、と言ってシリウスが弟を指差した。

正直、クリスティアナはすぐには理解できそうにない。

「ルキウスの方で用はもう済ませたみたいだし、話は出てからだ。ルキウス、お前はフードをかぶって顔を下げろよ」

「分かってるよ兄さん」

「ちょっと、私はまったく吞み込めていないんだけどっ——」

言っているそばから二人に背を押され、クリスティアナは本棚の間から通路へと押し出された。何がなんだか分からない状態で、三人で学士ホールから外へと出る。

そのまま進められた先には、別にもう一台質素な大型馬車が駐まっていた。

それは先日見かけたあの馬車だった。そこにはローブを着た若い女性が立っていて、心配そうにこちらを見ていた。

「ルキウスさん！　良かった、お兄様が入っていかれるのを見てハラハラしました」

クリスティアナがびっくりしていると、ルキウスが彼女へ駆け寄った。その姿は、先日に見た『シリウス』に重なった。

「まぁ、バッチリ鉢合わせたよ。……先に、王女様と」

「えっ、大丈夫だったんたですか？」

「兄さん、今日の作戦のことを話していなかったみたいなんだ」

フードを下ろしたルキウスが、溜息交じりに肩を落とす。

クリスティアナは、その光景になるほどと腑に落ちた。隣から同じように眺めていたシリウスに気付き、顔を向ける。

「話している声が聞こえていたと言っていたけど、私が先日に見たのは彼だったのね」

「そうだ。僕の双子の弟だよ」

「ごめんなさい。私――」

「いい。謝罪だってさっき聞いた。弟が入国したことを話さなかった僕も、悪かった」

そんな勘違いをされていたのかと、シリウスが悩ましげに呻く。

「彼女の名は、エレナ。弟の連れだ。先日は彼が読みたがっていた本があの大学の図書館にあったから、僕に扮して入館させたんだ」

「馬車の中で、待っていたあなたと入れ替わったわけね」

「同じ服を用意しなくちゃならないからな、貸して着替えさせた。よくやっているから大丈夫だと言ったのに、彼女が心配して、弟が出てくるのを外で待っていたんだ」

良かった、逢瀬をしていたわけではなかったのだ。

クリスティアナは、事実が分かってホッとした。だから『案内は不要だ』と言い、鉢合わせないよう用事の時間に合わせたのだ。

「――じゃなくて、というかまた私に隠し事していたわね⁉」

そのせいで一人散々悩まされてきたことを思い出したら腹が立って、思わず服に掴みかかると彼が問うように片眉を上げた。

「双子だったことよ！　それから、彼に会うために先日こっそり色々としていたことっ」

「それは悪かった。君に邪推をさせた」

シリウスが、反省していると苦しそうな表情を浮かべた。

「弟が僕の代わりに言ってくれたが、誓って僕は女性関係も潔白だ。あの時は事情を話していなかったから、言っていいものか判断もつかなかった」

「でも弟さんと会うことくらい、教えてくれたって良かったじゃないっ。私は双子だってことも知らなかったから、あなただと思って弟さんを問い詰めて……」

思い出したら恥ずかしくなってきた。

あの時、余裕がなくて色々と必死に言った。ルキウスは何かに気付いたみたいに詫びてきたし、異性として気になっていることを勘付かれたかもしれない。

「ルキウスのことを心配しているのか？　ルキウスもあまり気にしないと思うぞ。気付かれないから、昔からよく入れ替わり作戦は実行していたんだ」

「は……？」

「同時に別々の場所を調べるのにはもってこいだし、時間短縮にもなるだろ？」

「なにそれー!?」

彼が先程『よくやっているから大丈夫だ』とエレナに言った台詞は、そういう意味があったらしい。

「でも……双子だと分からなければ、できることもたくさんあったものね」

確かに彼そっくりなルキウスの方を見た。離れると獣目の色の濃さは分からないし、彼がシリウスの口調を真似（まね）すれば本人と見間違う。

彼の方は本日王都を発（た）つし、シリウスの方も滞在終了日が刻々と迫っている状況だ。

事情を思えば頷ける部分もあり、クリスティアナは小さく息を吐く。

「あなたが先に色々と教えなかったこと、許します」

「助かる」

「私は協力者だもの。少し考えれば分かることだったわね。騒いでしまってごめんなさい」

クリスティアナは視線を下ろし、掴んでしまったことで皺になったシリウスの服を弱々しく伸ばし直した。

（そうよね。シリウスにとって、弟さんが世界で一番なんだもの……）

好きになった人の無茶ぶりだって、友人として受け入れる。そう覚悟したはずなのに、彼を浮かれさせ一番に思われている弟が羨（うらや）ましくなる。

「クリスティアナ、やはりまだ責めているのか？」

視線を上げないのを心配したのか、彼がクリスティアナの頬を指の背で撫でてきた。

「すまなかった。悪気はなかった」

いつもより柔らかな彼の声に、かぁっと体中が熱を持った。咄嗟のように名前を呼ばれたことを、嬉しい、と思ってしまった。

（恋を、しているせい）

なぞられる頬の感触にドキドキして、一度目をぎゅっとした。お願い、そんな風に優しくしないで。勘違いして、期待しそうになる。

「……大丈夫よ、シリウス。私は怒っていないわ」

クリスティアナは、平常心を取り戻して彼と目を合わせ、親しげな苦笑を返した。

彼が、ようやくホッとしたように息を吐く。

「少し待っていてくれ。ルキウスはこのまま出国する予定なんだ。渡したいものがある」

「ええ、いいわ」

クリスティアナの答えを聞き届け、シリウスが一緒に乗ってきた馬車へと駆けた。

すぐに戻ってきた彼の手には、持ってきていたあの茶封筒があった。そして、今日色々と書き込んでいた手帳も重ねられている。

「ルキウス、これを持っていけ」

「ありがとう、兄さん」

待っていたルキウスへ、シリウスがその二つを手渡した。同じ顔だけれど、性格がとても温厚そうな微笑みを浮かべて彼が受け取る。

(もう一つの手帳も、弟さんに渡すために書いていたのね)

恐らく茶封筒の中は、彼が夜中に部屋で書きまとめていたというものだろう。エドレスト王国への訪問が決まった時点で、すでに落ち合う予定ではあったのだ。

(そうよね。彼の行動は、全て弟さんが第一優先だから……)

そう思って視線を逃がした時、ふと向こうにいるエレナと視線がぶつかった。

頬をポッと染めたエレナが、見つめてしまっていてごめんなさい！　とでも言うように、ローブの前に両手を添え慌てて頭を下げる。

(どう見ても二十歳の私より年下だわ)

クリスティアナは、正面から改めて見た彼女の若さに驚いた。もしかしたら、成人していないザガスと同じくらいの年齢かもしれない。

「うん、姿絵と同じ顔でびっくりした。でも、兄さんが手紙で書いていた協力者の王女様が、いい人で良かったよ」

ふと、自分のことを話しているのが聞こえた。

目を向けてみると、ルキウスが気付いて温かに微笑みかけてきた。その曇りを感じない獣目にクリスティアナは言葉を失った。

（シリウスは、ずっと弟を守ってきたのね……）

同じ顔だけど、穏やかな気性が窺える柔らかな表情は全然違っていた。

狂暴な獣に変身してしまう弟と、弟の分まで背負い込もうとする兄……なんて過酷な運命を背負っている二人だろうと思った。

「多くの国だと、王族が庶民と同じ視線の高さに、なんて考えられないことだしね」

ルキウスがそう言いながら、兄へと目を戻して嬉しそうに笑った。

「兄さん、素敵な人が見付かってよかったね」

そう告げたられ瞬間、シリウスが思い詰めたような顔をして弟から視線をそらした。ルキウスが切なげな目をする。

「ねぇ兄さん、僕のことを気にしているの？　僕のことはもういいんだ、だから――」

「いいわけあるか！」

突然シリウスが、ルキウスの言葉を遮って叫んだ。

クリスティアナは、彼がそんな声を上げるのを初めて聞いた。シリウスは両手に拳（こぶし）を作り、続く言葉なんて聞きたくないと言わんばかりに声を絞り出す。

「たった二人の、兄弟なんだぞ」

「兄さん……」

同じ顔に悲しさを浮かべ、ルキウスが目を細める。

「でも、僕のせいで兄さんの人生がなくなってしまうのは、嫌だよ。僕は、兄さんが大好きなんだ。これ以上……僕の人生に巻き込んでしまうのは申し訳なくて」

これ限りでいいから、とルキウスが小さく続ける。

クリスティアナは胸が苦しくなった。兄であるシリウスだけでなく、弟であるルキウスも兄弟を大切に思っているのだ。

向こうにいるエレナも、事情を知ってか心配そうに見つめていた。ルキウスを見つめる彼女の眼差し(まなざ)は、どこか特別な感情を宿してもいた。

(……きっと、私もそうなんでしょうね)

クリスティアナはエレナの姿に、シリウスを見ている自分を重ねた。

その時、シリウスが踵を返した。

「あっ、兄さん」

ルキウスが呼び止めるも、その背中はどんどん遠ざかっていく。

彼の手が静かに落ちていく。クリスティアナは見ていられなくなって、ルキウスの元に駆け寄った。

「お兄さんのことなら心配しないで。私が話してみるわ」

「姫様……いえ、王女殿下、ありがとうございます」

「クリスティアナと呼んでいいわ。あなたもよ」

クリスティアナは出国する二人をまずは安心させたくて、そばに寄ってきたエレナにも、にこっと明るく笑いかけた。

「あなた達は、すぐにでも出国する予定なのでしょう？　ルキウスさんも、そしてエレナさんも、どうか道中気を付けていい旅を」

別れを告げて走り出す。二人がハッとして、シリウスと同じ方向へ向かうクリスティアナに手を大きく振ってくれた。

なんだか、どちらも雰囲気がいい二人だ。クリスティアナも小さく手を振り返した。もっと話していたかったな、という思いが脳裏をかすめていった。

――でも今は、シリウスを追わなければ。

彼は弟のためにずっと生きてきた。

その信念を、いまさら曲げられるような器用な人ではない。強い人だけれど、だからこそ支えが必要だとクリスティアナは思った。

追いかけると、シリウスは馬車も置いて人混みを進んでいた。

今は話したくないと彼の背中から伝わってきて、言葉はかけられなかった。

そばにいていいのか躊躇(ためら)ったものの、彼がクリスティアナに歩調を合わせてくれたので、そばにいることを拒絶しているわけではないようだと安心する。

(彼には、考える時間が必要なんだわ……)

今、クリスティアナにできることは、こうしてそばにいてあげることだろう。

話すのはあとだ。クリスティアナは彼の気持ちの整理を持つように、黙々と歩いて帰る道のりに付き合った。

彼は到着した城で別れを告げるまで、とうとう声を発しなかった。

◆

その翌日、クリスティアナは二階にある図書室でザガスと落ち合った。

昨日、城に戻ってきて以降シリウスの顔を見ていない。

『しばらく一人になりたい』

そう言い残したのち、シリウスは部屋にこもってしまった――ちゃっかり大量の本を運びこませていたけれど。

「調べものって、案外彼の趣味になっているんじゃないの？」

窓に寄りかかって外の景観を眺めながら、クリスティアナは重い空気をほぐすようにそう言った。

「だと思います。読書が好きみたいです」

書棚の前に置かれていたザガスも、同じように力のない苦笑を返した。

今朝、クリスティアナ付きのメイド達も、部屋の掃除に伺ったら入室を断られたそうだ。その際に『今日は案内をしなくともいい』という伝言が届けられた。

「まぁ、昨日殿下から話を聞いた時に予感はしていたんですが――さすがの彼も、一日か、二日くらいは復活する時間が必要なのかもしれません」

ザガスが手元を見つめ、物憂げにぽつりと口にした。

(そうかしら？)

クリスティアナには、そうは思えなかった。シリウスは芯の強い人だ。

そして、こんな時だからこそ、そばに行くべきではないかという気持ちが込み上げてもいた。

「ねぇ、聞いてもいい？」

長い付き合いのザガスの反応を考え、慎重になってまずは尋ねる。

「はい、なんですか？　俺に答えられることなら、なんでも」

膝の上に置いた手を組んで、ザガスが冷静に弱々しく微笑み返してくる。クリスティアナは背中に流れる金髪を揺らし、近くの椅子に腰を下ろした。

「人族貴族のあなたが事情を知ったのは、どのタイミングだったの？」

「俺が獣化を知ったのは、シリウスさんが協力を求めてきたからなんです。人族貴族の中で一目置かれ、俺自身所属を超えて横繋がりの情報網も広かった」

　それが、よく一緒にいるようになったきっかけだという。

「彼に双子の弟がいることも、社交界ではあまり語られていません。みんな気にして言わないようにしているんです」

「異例の、獣に変身してしまうことがあったから？」

「いえ、実はそれだけではなくて……」

　ザガスが苦しそうな顔をする。それを見たクリスティアナは、すぐにやめた。

「きっと、本人から聞くべき話ね。ごめんなさい」

「殿下は察しが早くて驚きます……受け止めようとなさってる、とてもお強いですね。聞くつもりなんですか？」

　ザガスが柔らかな苦笑で尋ねてきた。クリスティアナがこれからしようとしていることを察して、さりげなく確認してきたことに彼女は驚く。

　彼の方こそ、強い。そして年齢の割に、観察眼も交渉力も優れている。

「ええ、そうするつもりよ」

　クリスティアナが迷いもなく頷くと、彼は「そうですか」と顎を小さく引く。

「俺から言えるのは、弟のルキウスさんが学生時代に『貴族籍から外してくれていい』と、一族の集まりで言った出来事があって、親族、そして母であるティグリスブレイド伯爵夫人がとくに胸を痛めて、配慮されたからだとは聞きました」

「シリウスもショックだったでしょうね……」

弟と一緒にいたいと願う彼が、それを前にした時のことを想像すると胸が苦しくなる。

ルキウスは、結局は貴族籍を外されることはなかった。けれど社交などの義務も期限なしで特別免除を受け、本人も人の集まりを避けた。

「俺はシリウスさんに協力を頼まれた時、代わりにルキウスさんに一時期家庭教師をしてもらっていたことがあるんです。あの人、主席だったので」

「そうなの？」

「その頃は獣化も数える程度だったらしいですが、それでもルキウスさん自身が極端に警戒していたのも、古代種『白虎(びゃっこ)』が持つ殺人衝動のせいでしょう」

「殺人、衝動……シリウスが弟さんと抑えたというものね」

以前シリウスの口からちらりと出た時、狂暴性が実感できた。改めて言葉で聞いても、やはり衝撃的なキーワードだ。

クリスティアナの言葉を聞いて、ザガスが「はい」と頷く。

「古代種『白虎』は、食事行為だけでなく、テリトリーに入った一定以上の大きさを持った生物を殺す習性があるんです。とくに人間は狩りの対象ですから、余計に気遣われた」

でも、と彼は見下ろし手を組んで続ける。

「母性愛が遥(はる)かに強いことでも知られています。『その古代種は奪われた子を取り返すため、陸地が続く限り猟師追い続け、馬をずたずたに引き裂いた』という逸話もあるそうです。これは俺の個人的な憶測なのですが、兄弟愛も一層強いのではないかと思うんです」

シリウスは、イリヤス王国の王都で『最強の外交官』と言われている。

それは、弟のために自分を追い込んで強くなったのではないか、とは獣人貴族の間でも密やかに語られているという。

「だから俺は、あの人のことが放っておけなくって」

「よく、分かるわ」

クリスティアナは、ザガスの崩れそうな笑顔を見て本音で答えた。

必死に頑張っているから、その姿を見れば目をそらせなくなった。そして——気付いた時には、シリウス自身に愛情を抱いていた。

いつ好きになったのか分からない。もしかしたら一目見た時には、クリスティアナは彼の獣目や髪、全てに心を奪われていたのかもしれない。

(好きよ。だから……私は、この想いを隠して彼を助けるわ)

彼が大切だから。彼が望むことを一番に叶えるのだ。

恋を自覚してから、助けたい気持ちも一層強くなっていた。クリスティアナは目に強さを宿し、立ち上がる。

「話を聞いて分かったわ。やっぱり、今、彼に会わないとだめよ」

戸惑うように目で追いかけてきたザガスを、彼女は真っすぐ見つめ返して断言する。

「強い人ほど、支えを必要とすることだってあるわ」

「……そう、思いますか？　俺、こういう状況は初めてで、判断がつかなくて」

クリスティアナは、初めて弱々しさを見せたザガスの手を両手できゅっと握った。

「大丈夫よ。自分の気持ちを信じていいわ。あなたの想いは、きっと正しい」

不安に揺れていた彼の瞳が、勇気を取り戻していくのが見えた。彼女が次の言葉を言う前には、ザガスも立ち上がっていた。

「ザガスさん、シリウスのところへ行くわよ」

「はいっ、もちろんついていきます」


早速、クリスティアナは、ザガスを連れてシリウスの部屋へと向かった。

「シリウス、いる？」

扉をノックして、声をかけた。どうやら続き部屋に引っ込んでベッドにいるわけではないようで、すぐそこから僅かに物音が聞こえた。

「少し話がしたいと思って来たの。ザガスさんも一緒よ」

だが、返事はなかった。

無理強いはしない。それはザガスとも事前に決めていた。シリウスが『不要だ』と言うのなら、この行為は彼にとって不正解なのだから。

「だけど、開けたくないのなら今日はいいわ。あなたが顔を見せてもいい日に出直します。私は明日から公務が続くけど、伝言を頼んでもらえれば時間を調整して——」

「それは嫌だ」

不意に、扉のすぐそこから言葉が返ってきた。

扉がゆっくりと開いて驚いた。扉の間から、シリウスは気まずそうに顔を覗かせた。

「数日も君の顔を見たくない……とは言ってない」

妙な言い方だ。けれどシリウスが先に、「どうぞ」と言って入室を促してきた。

きっと元気がないせいだろう。クリスティアナは、ザガスと一緒に室内へ足を進めた。

部屋は、窓一つ分しかカーテンが開けられていなくて薄暗かった。サイドテーブルに本は積み上げられていたが、読んでいないのか綺麗なままだ。

シリウスは襟元のボタンを一つ分あけているだけで、身なりも髪もきちんとしている。

そこには、クリスティアナはザガスと共にホッとした。でも室内がこうだと、余計に気持ちがじめじめしてしまいそうだ。

「ザガスさん、カーテンを開けるのを手伝って」

「俺も同じことを考えていました。やりましょう」

ザガスが頷き、クリスティアナはまず全てのカーテンを開けることから始めた。さすがにと思ったのか、シリウスが遠慮がちに止めてくる。

「君がそんなことをする必要は――」

「あるわよ。誰かさんがメイドを入れないんだもの。それに、私は何もできない姫じゃないわ」

「君が……とてもよくできる姫だとは知っているよ」

「そう。ザガスさん、そっちもお願いね」

背中でシリウスの小さくなる声を聞きながら、クリスティアナは指示した。

「さすが殿下、あのシリウスさんも反論できないみたいですね」

「ザガス、あとで覚えてろよ」

すぐに背中に投げられた声を聞いて、ザガスが調子よく肩を竦める。

「それだけ言い返せるなら、上々ですね」

シリウスは面白くないみたいだったが、言い返さず投げやりにソファに腰かけた。背もたれに引っかけていたタイネクタイを手に取る。

「あら、別に楽にしてくれていていいのに」

「淑女の前で、そんなことはできない」

意外と律儀だ。カーテンを全て開け終えたクリスティアナは、そう思いながら彼の元へ向かう。けれど同じように歩み寄ったザガスが突っ込んだ。

「淑女がいようと、自分勝手に堂々としているのがシリウスさんでしょ」

「ザガス」

「……はい、調子に乗りました。すみません」

低い声を投げられたザガスが、のちの報復を考えたみたいな顔で謝った。

シリウスが、紺碧の獣目をクリスティアナに向けてきた。

「君も座るといい」

弟のルキウスとはやはり色合いの違う、自身にも厳しい印象のある目だ。

「ううん、今日は私が頑張ろうと思って」

「何を？」

「思い返せば、私が戸惑って自室に引きこもった時、あなたが連れ出してくれたのだと思い出したの」

あれがなかったら、今のような関係はなかったのかもしれない。そしてクリスティアナも、この恋に気付かなかった可能性だって――。

（一つずつ、彼と日々を刻んで、恋に落ちたんだわ）

一目惚れなのかどうなのかは、今でも分からない。けれどシリウスの全部を尊敬していて、今の彼の全てを受け止めたうえで、クリスティアナは彼が『好き』だった。

「あなたを全力で応援するわ」

——初めての恋心を、なかったことにしてでも。

クリスティアナは、もう育たないようにと恋に蓋をして微笑みかけた。シリウスの前でそっとしゃがみ、彼の手に自分の手を添える。

「頑張るって決めたんでしょ。なら、付き合うわ」

シリウスの目が、ゆっくりと見開かれた。

「……君は、僕に付き合う気でいるのか。昨日のあれを見たのに？」

「怒鳴ったこと？　それとも、弟さんとぎくしゃくしたこと？　私は最後まで付き合う気よ、ザガスさんだってそう」

クリスティアナは、すぐそこに立っているザガスを示す。

「諦めたわけじゃないんでしょ？　だって、あなた達はもっとつらいことだって、たくさん乗り越えてきた強い兄弟ですもの」

もう終わりだなんて、どちらも望んでいない。

ルキウスも『これで最後でいい』と切り出したのだって、彼にとってもとてもつらい決断だっただろう。

「離れようとして弟さんがあんなことを言ったんじゃないって、あなたも分かっているんでしょう？　だからつらくて、余計に悲しくて怒ったのよね」

これで終わりでいいと告げられて、シリウスが声を荒らげたのは、ずっと一緒にいたいと、同じように望んでいた弟の気持ちを知っていたからだ。

どちらも、互いをとても愛している。

そして今でも、一緒にいられる日常をずっと夢見て、願っている。

「……ルキウスに、あんなことを言わせた自分の不甲斐なさが申し訳なくて。僕は自分に落胆したんだ」

やがてシリウスが、獣目をくしゃりと細めた。答えた彼の声は細かった。

彼は、今も弟の心まで守ろうとしている。そしてそれが、これまでも彼を走らせ続けてきた原動力の全てだ。

「吐き出したいことがあったら、言っていいのよ。全部聞くから」

クリスティアナは、彼の手の甲を撫でてそう告げた。

「いいのか？　でも聞いてしまったら」

「聞いても変わったりしないわ」

クリスティアナは、しっかり彼の手を包み込んだ。

「……弟は問題なく学校へ通えたが、四歳の誕生日に獣化した時は、今後どうなるのか分からない状況だった」

やがて、しばらく悩んでいたシリウスが苦しげな顔で切り出した。

「一年様子を見ても、弟の獣化はひどくなる一方だった。父と叔父は武闘派のコンビでも知られていたが、二人だけでは抑えられなくなっていって……だから僕らが五歳になった時、両親と一族は、弟を閉じ込めようと言った」

獣人族ティグリスブレイド家のルーツである古代種『白虎』の殺人衝動。

もし外で獣化してしまったら、躊躇なく人を食い殺してしまうだろう。だから彼らは、殺さないよう制御できるまでは閉じ込めておくことを考えた。

「そんなことがあったのね……」

「僕は、弟を地下牢に閉じ込めるなんてしたくなかった。たった一人の、大切な弟なんだ」

シリウスが手に拳を作ったので、クリスティアナは落ち着けるように撫でた。

すると、彼の手から緊張がほぐれていった。シリウスがゆっくり手を伸ばし、クリスティアナの手の上にそっと掌を重ねた。

「母は、弟を閉じ込めるなんて反対だと逆らった僕を、半狂乱で泣きながら言い聞かせようとしていたよ。僕の一族は、母性愛がとても強くてね」

「愛している我が子だものね……お母様だって、とてもつらかったでしょうね」

母性愛の強さは、ザガスも口にしていた。

夫達が『地下牢へ』と決定したところを見ていた母の気持ちを想像すると、クリスティアナは我が身に起きたことのように胸が締め付けられた。

「僕は、そんな母の悲鳴のような叫びが、この世の終わりにも聞こえたよ。無我夢中で弟の手を引いて屋敷から飛び出した。守らなければ、と思った」

二人で話し合い、そのあとに一緒に屋敷へ戻って両親達を説得した。

それからというもの、シリウスは弟の獣化に向き合う日々を送る。弟が獣化すれば幼い身体で真っ向からぶつかって止めた。

自身も強くなるために、何度も何度も〝獣〟との戦いを繰り返した。

「僕が弱音を吐けば、獣化している間は記憶がないルキウスを傷付けると思った。……それもあって、僕は絶対に、自分自身にも負けたくなかったんだ」

それが、幼いシリウスを支えた〝強さ〟になった。

幼かった二人の心を最終的に深く傷付けたのは、五歳の頃にあったという『弟を地下牢へ』と決定を下した一族との衝突だった。

(そしてそれが、社交界で弟さんの話が出されなくなった理由……)

ティグリスブレイド伯爵家の当時の決定を、獣人族にあるという先祖返りが原因だったこともあり、他の獣人貴族も『悪』とは言えない状況だった。

けれど考えると、やはりクリスティアナはやるせない気持ちになる。

それもあって、シリウスは大人を頼るということをやめた。もしかしたら、奪われるかもしれないと恐れたのかもしれない。

それを乗り越え、それぞれ学者と次期外交大臣になった。

話を聞いたクリスティアナは、彼らの絆（きずな）の強さは、何ごとにも揺らぐことのないものなのだと改めて思い知った。

（弟の無事を見届けるまで、やっぱり彼は何も望まないつもりでいるのね）

弟のためだけに生きてきた彼。

それがなくなってしまったら、この人はどうなるんだろうと不意に心配になった。

（……それを、支えていけたら）

ふと、そんな考えが過（よ）ぎって、慌てて頭の中から振り払った。そんなひどいことを考えるなんて、どうかしている。

クリスティアナは、世界で一番大切だと語っていたシリウスの弟の代わりにはなれない。何より彼には、彼なりに生きる希望や彼自身の目的が必要なのだ。

もし全て解決したら、今度は自分の気持ちで彼は前を向いて歩いていく。

そのきっかけに、少しでもその助けになれたのならいい。

――遠いこの国で出会った、友人の一人として。

「解決させてあげましょうよ。あなたのやっていることは、すごく弟さんの希望になっていると思うの。あなたの存在と行動の全てが、彼の支えになっているのよ」

滞在終了まで、あと一週間と少しだ。

ここを出国する時、できるだけシリウスが笑っていられればと思う。そして後ろ髪を引かれる思いで、昨日出国していった弟のルキウスも。

「――別に、諦めるなんて誰も言っていない」

シリウスが、クリスティアナの手を握り返した。

「僕が頑張るのなら、君も……ついてきてくれるんだろう？」

言いながら手を包み込まれ、彼に目を覗き込まれた。

その瞬間、クリスティアナはその美しい獣目に呼吸を忘れた。まるで言葉にならない熱い何かが、二人の間に繋がっているような錯覚に襲われた。

（彼の瞳に映っている私は、……ただの友人、のはずよね？）

シリウスと見つめ合っていると、どんどん胸の鼓動が速まっていく。

「おっほん。俺もシリウスさんに全面協力しますよ」

ザガスが、空気を変えるみたいに咳払いをしてきた。

クリスティアナは、ハッとして慌てて口を開く。

「ええ、そうよ。あなた達がこの国にいられる間、全力で支えるわ。できる限りそばにいる」

「ありがとう」

そう言って微笑んだシリウスの笑顔が――不意に不敵な笑みに変わる。

ようやく彼に元気が戻ってホッとしたが、気のせいでなければ悪戯（いたずら）っぽく輝く目が、なんだか警戒心を煽（あお）るタイプのモノに感じられた。

「滞在できる期間も少ない。ここからは遠慮せずに最短で調べていこう」

ザガスも、ますますいや～な予感に襲われた顔をした。

「……えーと、でも、どうするつもり？」

彼の言う『最短』とは、集中して取りかかるという意味なのだろう。しかし、外交そっちのけなんてことはさすがにできない。

「君の父王達にとって、有難がられることをやる。そうすると全面協力を得られ、時間も確保できる」

「有難がられること？」

「国内で、今もっとも頭を悩ませている学者の問題に終止符を打って、門戸を開かせる」

自信満々に言い切った彼に目を剥いた。

それは、一部の学者達に書物が独占されている状況のことだ。庶民にも幅広く触れられる機会を、と国王達が求めていることに対して拒否している。

「そ、そんなことできるの？」

「機会を掴むことができれば可能だ。そのためには君が、『僕らの滞在中に必ずや解決してみせたいと思っています』と、その件を陛下達に提案するんだ」

「私が!?」

とんでもない策に仰天した。

「いや無理でしょシリウスさんっ、この国は王家の女性の政治参入は――」

「できる。クリスティアナは『賢者の目』で活動している。それでいて姫だ。僕らを引き連れて、最初で最後の説得活動に入ってもおかしくない」

　ずっと難航している案件だ。確かに一理あるかもしれない、とクリスティアナはザガスと共に考え込む。

　今の書物の一部が独占され人目に晒されない状況についても、『賢者の目』を持っている立場としてはどうにかしてあげたい気持ちが強かった。

　前代未聞だが、王族であると同時に『賢者の目』を持った立場だ。

(以前から両者には、『仲良くして欲しいな……』とは本音をたびたびもらしていたから不審には思われないかも。お父様達もシリウスをすごく信頼しているし、励まされて一緒にやってみたい、と強く押せば通りそうな気もするわ)

　姫の身でも、父達の助けになりたいとずっと思っていた。シリウスのおかげでクリスティアナも改革に一役買えるのだとしたら、嬉しい。

「あなたって、ほんと色々と規格外だわ」

「よく言われる」

　溜息交じりに言ったのに、クリスティアナの顔は笑ってもいたから、シリウスが自信たっぷりに美しい笑みを浮かべてきた。

「仕方ないわね。どうにか任せてもらえるよう頑張ってみるわ」

「『末姫初の改革活動！』て、話題になりそうっスね……シリウスさんのせいで」

「うまくいけば、だけどね。お父様は良くても大臣や側近達がなんて言うか」

前例がないので、クリスティアナも活動提案がどう結果を出すのか分からない。

「ザガス、聞かせるつもりならぼそりと言うな。そこに僕らの名前は載らないんだから、僕のせいだと誰にも知られるわけがないだろう」

「あ、自覚はあるんですね……」

でも悪くない案だ。クリスティアナだって、父の子として役に立ちたい。彼ら男性と並んで活動することを想像すると、不覚にも楽しくなってくる。

「時間はないし、早速動かなくてはいけないわね。だめでも文句を言わないでよ？」

「大丈夫だ、絶対にうまくいく。こちらも外交官として行動させてもらうから、確認で召致された場合は、説得交渉で僕も協力支援する」

「自国への利益ある交渉の上乗せかー。相変わらず、そういうとこはしっかりしてますよねー」

「ザガス、先に例のバッサム局長の方の話を終わらせてこよう。忙しくなりそうだ」

「了解！　どうなるか分かんねぇですけど、もちろん付き合いますよ」

◆

末姫クリスティアナの『学者達に門戸を開かせる活動に出たい』という異例の提案は、彼の思惑のままスピーディーに翌日には問題なく受理された。

ここしばらくずっと滞っていた問題だったので、唯一中立にいるクリスティアナであれば実現可能なのではないかと側近達も賛成を示した。

何より、そこにシリウスを引き込むという提案が強かった。

あの彼に助力を得ることを成功させたのかと、かえってクリスティアナは父王達に感謝されてしまったほどだ。

（……実際は、私じゃなくて彼が動くわけだけれど）

その後に呼び出しを受けたシリウスは、クリスティアナなら必ずや成功させるでしょうと白々しいほど力説したのち、自身も自信があると断言した。

『クリスティアナ王女殿下に最大の助力をし、王都で現在頷いていない〝全ての有権者や学会や組織を納得させます〟。成功した暁（あかつき）には、今後のイリヤス王国との国交において教育制度の指導支援を優先的にいただきたく――』

ちゃっかり交渉も入れていたが、彼の口から『全部納得させる』という強気な発言が出た時、クリスティアナは王の間でうっかり咳込みそうになった。

十年納得させられなかった学会だってある。そんな強気で大丈夫なのか。

『……彼、大丈夫なのかしら？』

『……殿下、今こんなこと言いたくないんですけど、俺は嫌な予感がひしひししています』

ザガスも頬をひくつかせていた。

そして承認されたその日、クリスティアナは早速頭を抱えていた。

活動初日、改革のため名乗り出た身として率先して城を出発したのだが、昨日ちらっとでも『活動が楽しい』とか思ったことを後悔した。

（こんなこと、ありえない……）

ここは、アルト・ハルル学士大協会の本館だ。

首都にある五大大学会の専門機構で、最高学院アーベンハルツ大学校などの名門学院も協力機関として名を連ねている。

そこには貴重文書なども多く保管され、博物館級の代物だって存在していた。

その学会機関の門扉に、クリスティアナ達はいた。

（もう、門はなくなってしまったけれど……）

現実の光景とは思えなくて、頭はこんがらがりそうになっている。

シリウスは城に保管されていた返答文書の束を抱え、訪問拒否の知らせは前々から受けていたのに、前触れも出さないままこのアルト・ハルル学士大協会へ突撃訪問した。

案の定、門前払いの返答を門番から伝えられた。

そうしたらシリウスは素手で、巨大な鉄の門を吹き飛ばしてしまったのだ。

宣戦布告でもするみたいに面会を要求、そして現在――本館の建物前には、アルト・ハルル学士大協会の学者達が、ずらりと立ち塞がっている状況だった。

「なんでこんなことに……」

クリスティアナは、門扉を破壊してしまってごめんなさいと合掌して詫びる。

学者達は防犯対策の木棒や木刀、箒やらを構えて好戦的な様子だった。あの訪問のやり方ならば、当然の対応とも言えよう。

「俺、こうなると思ってた」

同じくそれを見守るザガスは、もはや諦め顔で乾いた笑みを浮かべていた。

その時、学者達の先頭に立った眼鏡の男が、木棒を突き付けて雄叫びを上げた。

「ここは崇高なる一部の学者にしか開放していない場である！　他国の貴族、そして国賓とはいえ入館は認めないと門番から伝えたはずだが、なんと野蛮で暴力的な！」

そのお怒りはごもっともだ。

クリスティアナとザガスは揃って目をそらした。けれどシリウスが「へぇ？」と腕を組んで、挑発的に問う。

「僕はクリスティアナ王女殿下の開放活動の付き人だ。彼女に連れられ、共に説得に来た。君達が再三断っているこの手紙の件でね」

「それにしてももっと穏やかなアポがあるだろうがよおおぉぉ!?」

テメェはバカか暴君かと、相手の学生が顔を赤らめて怒鳴った。

「まるで末姫様こそおまけみたいにテメーが喋ってきやがってっ!」

「あの門、めちゃくちゃ費用がかかっているんだぞ!?」

「そんなこと知らないよ。あとで城の方から経費で落とさせるさ」

それを担当することになる高官は頭を痛めそうだ。

クリスティアナは父王達が申し出について勇気を称賛し、必要があれば城の者達を使ってよし、一任するので自由にやっていいと明言していたのを思い返す。

来訪初日の、シリウスの〝支柱で手っ取り早く鎮圧〟を知っている事務官達は、嫌な予感を覚えた顔をしていたけど……。

「俺らも尊敬しきっている末姫様に言われようともっ、国からの『開放協力書』には絶対押印しないぞ!」

「そうだ! チクショー俺らの末姫様を出すとか国は汚い手に打って出やがってっ」

「理解できない者が見ても価値など分からぬ! 庶民にも広く開放するなど言語道断(ごんごどうだん)!」

「選ばれし学者だけの英知の宝なのだ!」

男達は、いきり立った様子で武器を構えた。

シリウスが美麗な顔に、フッと冷笑をもらした。

「弟と同じ学者だというのに、反吐が出るね」

好戦的な黒い笑みを見るに、やる気満々だ。

初日の支柱事件を思えば、クリスティアナはザガスの発言もあって、ここへ向かっている道中からずっと物騒な予感を覚えていた。

その時、彼らがクワッと目を見開いて指を突き付けた。

「そもそもっ、姫様を味方に付けるなんてずるいぞ！」

「か弱い清楚可憐で賢者の末姫を、暴力に対する我々の正当防衛に巻き込むつもりか外道め！」

そうだそうだと一斉に投げ放たれた言葉を聞いて、シリウスの目とザガスの目が、揃って自分達より低い位置へ向けられた。

クリスティアナは、顔を伏せて両手を押し付けていた。

「殿下、おしとやかなイメージで『か弱い』って言われてますけど」

「やめて。お父様のせいで、一部にすごく誤解されてるの」

「『清楚可憐な』って、何かな」

「シリウス、それ以上笑ったら怒るわよ」

恥ずかしくて上目遣いに睨み付ける。すると見上げたクリスティアナの動きに合わせて、かえって彼の方が顔を横に向けて額に手を当てた。

「え。どうしたの？」

「……己の本能の強さが、今になってじわじわと嫌になっている」

またしても独り言のように彼が言った。

よくは分からないけれど、なんだか勝ったような気がして、クリスティアナはいつものお返しのように調子よく問いかける。

「それ、どういう意味？」

「……残念ながら、詳しくは教えてやれない。でも、そうだな」

彼が手を放し、向こうにいる学者達へと視線を戻した。

「君がいてくれるのなら、僕はなんだってできそうな気がするんだ」

クリスティアナは、かぁっと顔に熱が集まりそうになった。一瞬、弟と同等なくらい彼の心に存在していると勘違いを起こしかけたのだ。

慌てて視線をそらし、頬を両手で押さえて妄想を頭から追い払う。

そんな彼女を指差して、シリウスが男達へ声を投げた。

「僕とザガスは彼女の護衛でもあり、彼女は物騒事には参戦しない。彼女を巻き込んだら君らを引きちぎるから、肝に名じておけ」

物騒な武器を構えた学者達が、僅かばかり静かになる。

「……一瞬、とんでもなく鬼畜な所業を言われた気がするが、姫様が不参加なのは安心だ」

「ああ、見れば見るほど気品溢れた美麗な男なのに、最大の脅し文句をさらっと言ったところに恐怖を感じたが、意外な紳士さも感じた」

学者達が、じーっとシリウスを観察する。

彼が物騒とは縁遠そうな外見なのは確かだ。前方を見据える彼の姿は、クリスティアナから見ても優雅さが漂う。

だが彼と並び立つザガスは、げんなりとした顔だった。

「殿下、ここからは軍人でもある俺が出ますので、何があろうと前には出ないでください」

そう言うなり、ザガスが正装の丈の長いコートの下から木刀を取り出して、クリスティアナはぽかんとした。

「さすがに、素人相手に真剣は使いませんから」

彼女の唖然とした視線を察知したのか、ザガスが先に答えてきた。

「そ、そうじゃないのよ。話し合いに来たんじゃないのっ？　なんでうちの師団の鍛練用の木刀なんて持っているのよ!?」

「あれでまともに話し合うと思うか？」

シリウスが口を挟み、バキリと指の関節を鳴らした。

「話の席にすら応じなかった相手方は、力技でも抗議してくる学者団だとは聞いている。話し合いで解決できていたら、もうとっくに説得は終わっているはずだろう」

「そ、そうだけど」

「それなら、その頭の高さを自信ごと叩き折って、押印させる」

シリウスが、とんでもないことを言った。

しかし慌てたクリスティアナが止める暇もなく、次の瞬間、シリウスがザガスに合図して共に前方へと急発進していた。

学者達が、二人と正面から激しくぶつかり合った。

一気にひどい騒ぎになった。土埃が舞い、本館前は男達の喧騒と悲鳴が飛び交った。いかにも王国貴族といったシリウスが、躊躇せず多勢に個人で暴れまくったせいだ。

「うわぁっ、来たあああ！」

「ジョンソンが飛んだー！」

「ひぃいぃいっ、俺の鍬を捻じ曲げやがったぞあいつっ」

シリウスが素手で武器を叩き壊し、いとも簡単に人間を放り投げる。

サポートに入ったザガスが「もうやだ！」と言いながら、木刀で学者達からの攻撃を防ぎ、見事な剣捌きで相手の武器を薙ぎ払っていた。

「なんだよこの貴族様は!?」

対不審者用の鉄の棒を振り回した学者が、素手で受け止められて慄き震える。

シリウスが、獲物を追い込んだ狩人の目で不敵に笑った。

「イリヤス王国獣人貴族代表で来国した外交官で、次期外交大臣様だ」

「んな外交官いてたまるかーっ！」

男の半泣きの悲鳴が響き渡る。

（……確かに）

クリスティアナは目の前の光景が信じられなくて、見ていることしかできなかった。

五十人は超える学者達が、素手のシリウスを止められないでいる。彼はそれでも余裕があって楽しそうでもあった。

――これが、獣人族の圧倒的な〝戦力〟。

その獣人族と自国で日々わたりあっているせいか、ザガスの剣術もかなりの腕前だった。人間が放り投げられても、見慣れた光景のように動じない。

またしても立ち上がる学者達を観察し、シリウスがふと面白げに本館を見た。

「この建物が君らに非論理的な威厳を振りかざさせているのなら、壊してしまおう」

「は……？　嘘だろ、そんなことできるはずが……」

「僕はできるし、有言実行だ。ここへは交渉に来たのであって無駄に時間を潰す気はない。君らが断固話を聞かない姿勢なら、大人しくなるまで、一つずつ壊していく」

シリウスが「交渉といこうじゃないか」と冷笑すると、学者達は慄いた。

「なんて容赦のない鬼畜！」

「そんなこと我らの理事会が許すはずがな――」

「理事会は、クリスティアナ王女殿下と一緒に昨日対面した際、同意を示し『現役世代に任せているので交渉の結果に従う』と紙の上でも約束を取り付けた」

「はぁ!?」

（お父様の正式承認よりも早く動いてごめんなさい）

クリスティアナは、胃がきりきりする思いで再び心の中で謝った。シリウスに、あの有無を言わせない笑顔で『さあ行こうか』と言われて、断れなかったのだ。

彼の交渉力の高さには慄いたし、クリスティアナが署名と印をしたものを『ちょっと借りる』と言って持っていったあと、『クリスティアナ王女殿下に言われて――』という感じで、どう色々と活用されたのか大変気にもなっている。

「そうだな、入り口はいらないだろう。まずはそこだ」

そう告げたシリウスが、建物へ向けて走り出した。

ハッとして男達が慌てて動き出し、止めに入るが、猪か闘牛にでもぶつかったみたいに弾き飛ばされた。

シリウスが建物の前で高く跳躍した。彼の姿が二階よりも高く舞い上がって、クリスティアナ達は唖然と目で追いかけた。

シリウスが下へ狙いを定め、拳を作ってニヤリとする。

なんとも楽しそう――じゃなくって。

「ちょ、シリウス、やめっ」

クリスティアナは短い悲鳴を上げた。

だが次の瞬間、シリウスが落下して扉部分の建物の屋上を拳でしたたかに打った。激しい衝撃音が響き渡り、コンクリートが砕けて建物の正面部分が崩壊した。

本当に、拳一つで建物を壊してしまった。

「う、嘘でしょう……？」

幸いだったのは、彼が玄関フロア部分だけを破壊したことだ。恐らくは、中にある資料や書物を考えてのことだろう。

「――それで？　署名と印をしてくれるかな？」

シリウスがジャケットを整え直しながら、きらきらとした悪魔の笑みをにっこりと学者達へ向ける。

ザガスが額に手を置き、深い溜息を吐いた。

「やりすぎだろ……」

確かにとクリスティアナも思ったが――これがまだ続くことを、その時は忘れていた。

あれから、三日が過ぎた。

昨夜は久し振りに午後から夜遅くまで公務が続いた。誰もが〝グリスティアナ王女殿下の国政活動〟を尊び、控えていた社交の場に出るなり、彼女の元に一気に押し寄せたのだ。

姫なのに、非難されるどころか、褒められている。

それについては安心した反面、実際に説得活動も自身で行うことになってしまったクリスティアナにとって、その行動は初めてのことで身心共に消耗もすさまじかった。

(シリウスに任せっきりじゃないのは私にとってもやり甲斐を感じるけど、まさか社交にまで影響が及んで、兄様達以上にその手の方々と話すことになろうとは……)

二重生活は疲労も倍で、目覚めた時はぐったりとしていた。

「今は、何もしたくない……」

クリスティアナは、すっかり陽が高くなってもソファのクッションに身を預けていた。少し休憩が欲しいが、無理だと分かっている。だからメアリーゼ達も『そんな恰好をしない』と注意せずに退出していった。

話術で交渉するクリスティアナに対して、残った大半の『話し合いは力業』でという相手はシリウスが全て請け負った。

彼は、どこまでも好戦的だった。

堂々と交渉を求め、相手に一歩譲って下手に出るなんてしなかった。話し合いが延長となることを許さず、武力で向かってくる学者達の過剰気味な横暴さを叱り付けるみたいに勝負した。

(でも……彼の手腕は確かだわ)

思い返すだけで、クリスティアナの胸は鼓動を速めて熱を持った。

説得させる確かな力量をともなった自信は本物で、彼に交渉失敗なしの数々の成功を収めさせていた。

クリスティアナが最終手段とした話し合った団体だけでなく、シリウスがあのぶっとんだ方法で〝交渉〟した際に署名した学士協会や学会や団も、翌日早々に登城し、改めて陛下に全員の印がされた承認証明証を持ってきた。

国王達も驚くほどだった。これまで頑なに交渉さえ断っていた彼らは、とても納得した顔で『王国の学問の繁栄については、外国と同じように独占することなく、国民に広く開かれることが望ましい』と口にした。

『あんな次期外交大臣様がいるんだなぁ』

『獣人族、か。いい奴じゃん。末姫様、俺達もあなたの意志を応援します！』

シリウスの言葉には、力があった。

頑なに拒否姿勢の学者達に、まずは話を聞かせるための方法については乱暴ではあったけれど、行動、言動、そして最後の説得は全ての学者に響いたようだった。

クリスティアナは、シリウスの見事な手腕と活動を尊敬している。

とはいえ、精神的な疲労感はすさまじい。

(お父様やお兄様達は、普段からこんなにも大変なことをしているのね。それなのに疲れたなんておくびにも顔に出さず、私達家族との時間も大切にしてくださっているんだわ……見習いたいのに、体力が追い付かないのも悔しい)

今日は説得活動がないので、少しくらいは休憩したくてたまらないでいる。

クリスティアナが『両者に仲良くして欲しいから、説得を手伝わせてください』と活動に乗り出したことは、誰もが予想もしていなかったスピードで成功を生み出し続けていた。

『依頼先の選定が間に合わないとは！』

父王達の方で嬉しい悲鳴が上がっている。

そこで次の交渉先を、急ぎ今日中に父王達の方で決めることになっていた。実績から残る臣下達も末姫の活動参入に大賛成し、大会議の開催が急きょ確定している。

控えている公務と『賢者の目』の活動が、空き時間に一気に押し寄せる。それでも本日の午前中の数時間は、母達の配慮のおかげで唯一空白になった。

(ゆっくりしたい……でもシリウスは昨日まで外の図書館を回れていないし、今日にでも見に

行きたいと言い出すに違いないわよね）

なので本日は、通常の案内役として頑張らなければならないだろう。

その時、ノック音がしてドキッとした。きっと彼だ。以前機嫌を悪くされたのを思い出したクリスティアナは、慌ててクッションをソファの端に置く。

急ぎ座り直して入室を許可すると、案の定シリウスが顔を覗（のぞ）かせた。

「今、入っても大丈夫かな？」

「ええ、もちろんよ。ザガスさんはいないの？」

尋ねると、彼は「まぁね」と曖昧（あいまい）な回答をしながら入ってきた。

シリウスは、今日も隙（すき）のない紳士の正装に身を包んでいた。裾（すそ）の長いお洒落（しゃれ）な白いジャケットに、瞳（ひとみ）と同じ色をしたサファイヤのブローチがされたアスコットタイ。さりげない装飾品も彼の白い髪の美しさと合う。

歩み寄ってくる彼は、なんだか軽々として足取りだった。

「……あなたの方は、調子良さそうね」

つい、今の自分との心境の差を思って言うと、シリウスがにっこりと笑った。

「我慢しなくていいのは、気持ちがいい」

こんなイイ笑顔見たことがない。

シリウスは活動初日、アルト・ハルル学士大協会のあと、近くのベンツヘム学会本部へも乗り込んだ。その後も同じように実力行使に出た学者らをねじ伏せ、昨日まで力比べのようなことが繰り返されていた。

というのに、ちっとも疲れなど知らない様子だ。

ザガスも言っていた通り、獣人族の体力は底なしらしい。クリスティアナは「そ、そう」と引き攣り気味に相槌を打った。

(まぁ、最終的に、和解あっての署名に収束するのもすごいわよね……)

そう思い返している間にも、向かい側の一人がけ用ソファにシリウスが腰を下ろした。

雪みたいな白い髪。それがよく似合う、長い睫毛で影がかかる青い鮮やかな獣目。

クリスティアナは、そんな彼をぼうっと眺めてしまった。とても美しいと感じるのは、何者にも屈しない彼の強さを見てますます惹かれたせいだ。

(一緒に、外交や社交をやれたら楽しいだろうなぁ)

こんな風に、いつまでも……残りの滞在期間も一週間を切ってしまったから。

「あっ。ごめんなさい。待たせてしまったわね」

寂しさに胸が切なくなった時、シリウスの来訪目的を思い出した。クリスティアナは慌てて言葉を紡ぐ。

「あなたが来たってことは、図書館？　いいわよ、今度はどこがいい？　距離があるとしたら馬車を出すから――」

「そうじゃないんだ」

　柔らかな美声で言葉を遮られた。

「今日僕がここへ来たのは、そうじゃなくて……その、君には、この国に来てからずっと付き合ってもらっていただろう？」

　シリウスが、珍しく言葉を詰まらせながらそう言ってきた。

「そうね。『賢者の目』の活動や公務が大半入っていても、必ず毎日顔は合わせているわね」

「うん、それでなんだが、僕らにも休憩が必要かなって」

「え？　休憩……？」

　そんなことを言われたのは初めてだ。

　でもそれは、クリスティアナが望んでいた言葉でもあった。

「嬉しいわ」

　一週間もしないうちに出国してしまうシリウスと、一度ゆっくりと過ごしてみたいとも思っていた。友人としてでもいい。彼も同じように感じてくれていたのだったら、なお嬉しい。

「良かった。休憩会を開催しようと思っているんだが、早速部屋に招き入れても？」

「準備してくれたの？　ええ、もちろんいいわ」

　粋（いき）な計らいが嬉しくて、クリスティアナは笑顔で頷（うなず）く。シリウスが合図すると、待機していたのか、菓子箱を持ったザガスとワゴンを押したメアリーゼ達が入室してきた。

「じゃーんっ。今日は殿下と俺達の小さなティーパーティーですよ」

彼らが揃って、菓子のセットをクリスティアナに見せてくる。

「こっちは、俺とシリウスさんからの土産です」

「そして姫様をよく知る私達も、特別にセットメニューを考案しました！」

メアリーゼが、紅茶一式と甘いものがたっぷり載ったワゴンの上を示した。

「姫様への『お疲れ様』の意味も込めて、お好きな物をご用意させていただきました。今日は昼食も調整しましたから、甘い物をたっぷり召し上がってください！」

ザガスが菓子箱をメイドに手渡し、シリウスの隣の一人がけ用ソファに座った。メアリーゼ達が手早く支度に取りかかり、テーブルの上はあっという間に色取りどりの菓子やケーキで埋まる。

ティーカップからは、クリスティアナが好きな薔薇とリンゴの香りが立ち昇った。

「この半分のケーキ達は、あなたとザガスさんで探したの？」

「昨日、夕刻前に戻ってきたあとで。……本当なら僕が選んであげたかったんだが、甘いものはほとんど食べなくてね。この国の甘味類への調査も不足していた、すまない」

休憩会を決めたのにホストとして中途半端だと、困ったような顔で苦笑された。

(甘いものをいただかない人なのに、私のために)

クリスティアナは、自分のために彼が考えて見繕ってくれたことに感激した。

「とっても嬉しいわ、ありがとう」

　テーブルの上を改めて眺める。それは、これまでいただいたどんな高価な贈り物よりも、クリスティアナの心を熱く震わせた。

　何より、ケーキなどに目を向ける余裕もなかったシリウスが、少しでもこうして、余暇を楽しむ方へ目を向けてくれたことも嬉しかった。

「さっ、一緒に食べましょう。絶対美味(おい)しいわよ」

「そうかな……そうだといいんだが」

　シリウスが、珍しく自信がなさそうに言った。彼女が示したテーブルのケーキ達の大半を、未知のものでも見るように目を向ける。

「あなた、もしかして食べたことがないの？」

「パーティーでは見かけるが、こちらに来てからも食べてはいないな……」

「シリウスさんはこれまで、一般的なチョコとクリームケーキ以外は、味を試してみようともせず警戒して口にもしなかっ——痛い！」

　シリウスが、ザガスの頬(ほお)にぐりぐりと拳(こぶし)を押し付けた。

「まるで僕が警戒心の強い獣みたいな言い方だな。ザガス、今すぐ君を窓から放(ほう)り出してやってもいいんだぞ」

「なんでそう俺に手厳しいの!?」

「後輩教育だよ。君も、人族貴族の代表の外交官になる予定なんだろう？」

「いや～。俺、旅行は好きだけど、治安部隊の隊長になって人助けがしたいっていうか――ちょっ、ぐりぐりを強めないでっ」

ザガスから短い悲鳴が上がる。

「シリウスやめてっ、ザガスさんが可哀想でしょう？」

だが、テーブルの向こうで二人は引き続き言い合う。

それを見てクリスティアナは立ち上がった。向こうへ回ると、シリウスとザガスの間に割って入り止める。

「二人とも、私の左右にそれぞれ座りなさい」

腰に手を当てたクリスティアナを、二人が「え」と見上げる。

「し、しかし殿下、並んで座るなどと」

「これは、いわば私達の『休憩会』なのよ。喧嘩なんてして欲しくないの」

「だが、その、礼節としては――」

「図書室でいつも隣の椅子に座らせているでしょ。あれと大して変わらないわよ。私が間にいたら、シリウスもザガスさんをつっつけないでしょ？」

未婚の女性が、婚約者さえもいない男性と、という一般的な礼儀云々についてはクリスティアナもよーく分かっている。

でも喧嘩されるくらいなら、彼女は彼らを左右に分けて置く。

「いいから、言うことを聞きなさい」

私の心の安寧のためにも、とクリスティアナが睨み付けると、男達が揃って「はい……」と観念するような声をもらした。

クリスティアナが先導し、彼女がいたソファに三人で移動する。

四人は座れるソファに、シリウス、クリスティアナ、ザガスが並んだ。

メイド達も苦笑気味だったが、開いた扉から見ていた護衛騎士達も、仕方ないかと笑っていた。末姫の対応策について、さすがだと褒めるような空気さえあった。

「お、落ち着かねぇ……」

ザガスが、小皿と小さな銀フォークを持たされ呟いた。

「腹をくくって。大丈夫よ、密室じゃないんだから」

クリスティアナは、続いてシリウスにも小皿とフォークを渡した。

「さ、シリウス、あなたもどうぞ」

王女が自ら渡すさまを見守っていたメアリーゼが、柔らかな苦笑を浮かべつつまずは彼女が一番好きなケーキを盛る。

シリウスが身じろぎした。長い足が触れないようきちんと座っている彼に、クリスティアナはきょとんとする。

「何よ、急に大人しくなっちゃったわね」

「……隣のクッションからも、君の匂いが」

顔を横に向けられ、口の中で呟かれてよく聞こえない。

「私の隣にいるの、そんなに嫌？」

尋ねた途端、シリウスが勢いよく顔を戻してきた。

「そんなわけないっ」

慌てて答えられてクリスティアナは驚く。彼がハッと姿勢を整え直した。

「そ、それで、君のお薦めはこのケーキなのか？」

「そうよ。クリームの部分にチーズが混ぜられているの。この王都バイエンハイムでは、名物にもなっているのよ」

クリスティアナは、手本のように早速パクリと口にした。

舌でとろける柔らかなクリームが最高だ。美味しさを表情いっぱいで表現して見せると、ザガスものそのそとケーキを一切れ口に入れた。

「あ、マジで美味い。あっ、いえ、美味しいです」

「ザガスさんも、敬語じゃなくていいのよ」

「いえ、俺は部隊でも平隊員の身ですので。それにしてもこれ、チーズケーキともクリームケーキとも違って、風味がなんだか特徴的ですね」

「甘いのに、どこかさっぱりしているでしょ？　特産アラベナの果実の酸味が入れられているの。殿方にも人気なのよ」

　ザガスは「へー」と感心して、ケーキの上のクリームを眺めていた。パーティー会場にもよく出るタイプなのだが、彼らはケーキ類にはほとんど手を付けてこなかったようだ。

　気になったクリスティアナは、ケーキを食べ進めつつ反対側の隣も見てみた。

　ずっと見ていたのか、目が合ったシリウスが視線をさっと手元へ戻す。

「まだ食べてないのね。気が進まない？　他のケーキにする？」

「いや、君がお薦めだと言うから、食べようとは思っていた。別に、僕は君を見ていたからそれを忘れていたわけではないからな」

　こちらを見ないまま、どこか焦ったように言ってくる。

　クリスティアナはケーキを食べ、もぐもぐしながら首を捻った。メアリーゼ達が、顔を見合わせて密かにニヤニヤする。

「殿下、シリウス様に食べ方を教えて差し上げたらいかがでしょうか？」

　ふと、メアリーゼがそんなことを提案してきた。

　シリウスの肩がギクッとはねる。先に彼女へと顔を向けていたクリスティアナは、不思議そうに小首を傾げた。

「手本は見せているわよ?」

「そうではなく、彼はきっと殿下からのを期待して――」

「ない!」

シリウスが頬を少し赤くして、力いっぱい遮ってきた。

(何がどう『ない』なの?)

クリスティアナとしては、彼がなかなか食べてくれないのがもどかしかった。

チーズが混ぜられたこのクリームは、本当に美味しいのだ。苦手ではない様子なので、早くシリウスにも味わって欲しかった。

「分かったわ。ちょっとフォークを貸して」

クリスティアナは、シリウスの手からフォークを取った。彼が「は」と言っている間にも、ケーキを一口分カットする。

「はい。美味しいから、チーズがだめじゃないのだったら、ぜひ食べてみて」

落ちないよう下に手を添えつつ、ケーキを刺したフォークを彼に向けた。

そんなクリスティアナの後ろで、ザガスが咽(むせ)ていた。食べさせようと近寄った彼女を見てシリウスが小さく目を見開き、頬を少し染める。

「君は……突拍子もなく僕を喜ばせるというか……」

とぎれとぎれでよく聞こえず、クリスティアナはフォークを差し出したまま小首を傾げる。

「あ、そういえばあなたは背が高いから、この位置じゃ食べづらいかしら。自分で食べる？」

「――いや、このままいただく」

シリウスが、不意にフォークを持つクリスティアナの手を掴んだ。

驚いている間にも彼が頭を屈めるように寄せてきて、彼女の手を使って自分の口へとケーキを押し入れた。

なんだか食べる光景が色っぽくて、クリスティアナは今になって淑女としてとんでもないことをしているような恥じらいが込み上げた。

「な、なんだかごめんなさい。そうよね、自分で食べられるのに私ったら……その、一番好きなケーキだから、どうしても早くあなたにも食べて欲しくて」

慌てて手を引っ込めようとしたら、シリウスの手がそれを拒んだ。

「もっとしてくれてもいいのに」

「え？」

低い美声が囁いてきた。ちらりと目を上げたクリスティアナに、シリウスが綺麗な獣目にゆらりと熱を宿して覗き込んできた。

「こうして味見させてくれるなら、全種類食べられそうだ」

「ほ、本当に？　ここにあるものは全部私の好きなものなのよ。でも」

「そう。なら、欲しいな。それで食べる君も見ていたい」

「食べるのを見るの？」

よく分からず彼を見つめ返す。けれどじっくり見つめてくるシリウスの視線になんだかドキドキしてしまって、考える余裕はガリガリ削られた。

「次は、どのケーキを食べさせてくれるんだ？」

いつもより彼の声が甘く聞こえる。このまま目を合わせていたら好きな気持ちがバレてしまいそうで、慌てて視線を逃がした。

「そ、その前に、手を放してくれるかしら。このままじゃ取れないわ」

「選ぶ君を近くで見ていても？」

「え、ええ、いいけれど」

戸惑い気味に答えた途端、肩を抱かれてクリスティアナは驚いた。

「姫様、お皿をどうぞ」

「ふぇっ、あ、ありがとう……？」

この状況に何も突っ込まないのだろうか。メアリーゼから新しい小皿を渡されたが、クリスティアナは動悸が激しくて顔が熱くなる。

肩を抱く腕の温もりで落ち着かない。小皿を片手にケーキを選びにかかったら、シリウスも一緒に屈んできて横顔に熱く視線を注がれるのを感じた。

（ち、近い……！　落ち着かないいっ）

選ぶのを見ていいとは言ったけれど、まさかこういうことだとは思っていなかった。

「あ、あの、少し近くないかしら？」

「そうかな」

喋る吐息が耳にかかって、彼の方を見られない。しかしシリウスはなんとも思っていないようだし、ここで意識していると分かる挙動不審な行動はしたくない。

「えぇと、……チョコとムースならどっち派かしら⁉」

焦って声を出したら、すぐに返事が戻ってくる。

「君の好きな方で」

「そ、それじゃあチョコかしらねっ。こっちにしましょうっ。うん、甘くてとっても美味しいから期待しててっ」

「甘くて美味しそう、か。それは君の方が――」

なぜだか、彼がもっと顔を近付けてきて首に吐息が触れる。

すぐそこで口が開かれるのを感じて、クリスティアナはひぇえええと心臓をバクバクさせながら、急いでケーキを小皿に移動する。

（あら？）

不意に顔が離れていくのを感じて、クリスティアナは急に緊張が解けた。

様子が気になって隣を窺ってみると、そこには顔を上に向け、手を押し当てているシリウスの姿があった。

「えーと……何をしているの？」

「……………僕も、自分自身の行動をかえりみているところだ」

よく分からない。ちょっと心配になったのは、肩から離れたシリウスの手が、自分自身と戦うみたいになかなか引っ込まないでいることだ。

「大丈夫……？」

つい尋ねてしまった。

幼馴染で同国からの外交官仲間だというのに、そんなシリウスに対して、ザガスは口を手で押さえて、肘置きを叩きながら肩を盛大に笑わせていた。

翌日、朝の公務を終えたクリスティアナは、文句を言いたくてたまらない顔で重々しいドレスを持ち上げ、急ぎ自室へ向かっていた。

昨日の午後に、とうとう王国大学会へも足を運ぶことが決定した。

それはもっとも心配されている場所だった。エドレクス王国の学問三大柱で理事長でもあるアールバント・ハレル氏が、自ら『王国』と付ける強気な姿勢で二十四年前に創立したものだ。

入学させる学生の厳しすぎる選別、王国騎士学の義務付けを多くの学会から非難されての強行独立だった。彼は若い頃に騎士として活躍し貢献した実績もあり、自身と教え子達を、『学びを守る騎士』とも表現した。

『文句があるのなら、我々を打ち倒してみよ。学は人の自由である』

それがアールバント・ハレルの口癖だった。

現在ご高齢である彼は、どっしりと上で構えている男だ。考えに賛成なのか反対なのか、唯一示していない彼は父王の呼び出しでこう告げた。

『ならば、我々に力で分からせるといい。現在は全て教え子達に任せてある。私は、次世代の彼らの行く末に従おう』

力とは、頭脳のことなのか騎士の剣のことなのか――、どちらが彼の示す正解なのかクリスティアナにも分からなかった。

王国大学会に加入が認められた学者達は、全員が王国騎士精神を受け継いでいた。

そして彼らは、王都の学者団の中で異質な独自の体制を持つ。

(――と、昨日も散々王の間で説明を聞かせたはず・な・の・に)

クリスティアナは、扉の前に立っていた騎士達に「いいから」と言うと、自分で扉を開け放って勢いよく突入する。

「お父様から聞いたわよ！　私が母様達と公務に出たあと、『クリスティアナ殿下の指示で』

と勝手に言いくるめて決闘書を送ったってどういうこと!?」

開口一番に言い放つと、待っていたシリウスとザガスが揃って目を向けてきた。

「決闘を申し込んだ、それが何か？」

「ちゃんと二人で文面は確認して送りましたよ」

彼らがさらっと答えてくる。クリスティアナは、ザガスが真剣を磨いているのを見てくらりとした。

(私が心配しているのは文書じゃないのよ、ザガスさん……)

シリウスの独断かと思ったら、まさかの意見一致の上での行動だったらしい。

王国大学会の蔵書の半分は、非公開の貴重文書だ。噂によると、アールバント・ハレルが例の『変身シリーズ』の原作持ちであることが濃厚だと言われている、アラン・カルシカータ図鑑目録の書物をほぼ網羅し、所持しているという。

これが事実であれば、クリスティアナ達にとっても大きな収穫になる。

「でも……本当に決闘をするの？　お父様達もそれでいいとおっしゃっていたの？」

「もちろん。彼らは『君を信じている』そうだ」

嘘か本当か掴みかねる美しい微笑で、シリウスはクリスティアナを見つめ返す。けれど絶大な信頼を思えば、彼女だって撤回する気持ちがないのも確かだ。

「アールバント・ハレルは、学者でありながら一人の王国騎士だ。『次の時代は、次世代が切り開くべき』と考えていて、彼の後継達はその意思を引き継いでいる」

「あの『我々を打ち倒してみよ』、ね」

「そう。そしてそれが〝もっとも有効的で早い第一交渉手段〟だよ」

剣を磨くのを再開していたザガスも「そうなるよなー」と相槌を打ってくる。

「僕も王国大学会の非公開蔵書は気になるし、何より、もしアラン・カルシカータ図鑑目録の全三十のほとんどを所有しているというのなら、時間も惜しい」

残る滞在日数を考えると、彼の意見は当然だ。

「まぁ、全て原文の古語だものね……」

「それもあるが、何より君がアラン・カルシカータ図鑑目録のことを気にしていたからだよ」

まさかそれほどまで買われているとは思わなくて、クリスティアナは驚く。

「少し引っかかりを覚えただけよ」

「僕は、君は『賢者の目』の中でも秀でていると感じた。この国の『狼男（おおかみ）』の物語の核にあたるものなら、それまでチェックしてから弟へ手紙を送りたいと思う」

弟と変な別れ方をしたシリウスは、話をしたあと『気持ちを書いて送ってみたら？』とクリスティアナが提案してようやく手紙を書いた。

あそこで送らなかったら、弟も〝彼も〟心配すると思ったのだ。

情報や近況を添えない手紙は、とても久し振りで緊張したと彼は言っていた。シリウスが吹っ切れたように活動できているのも、素直に気持ちを書いた手紙のおかげでもあるとすると、クリスティアナは何も言えなくなってしまう。

彼が、離ればなれになってしまった弟との文通を大切にしていることは感じていた。以前と同じように、手紙を書けるようになったことは喜ばしいことだ。

「君は、早く着替えておいで」

そんなことを考えていると、シリウスの獣目が軽く笑った。

「とても似合っているドレスだから着替えさせるのはもったいないが。君は綺麗だから、このまま外出すると人目を集める。レディの着替えだ、ゆっくり待つよ」

こういう時だけ紳士なのは、ずるいと思う。紳士な褒め言葉は彼に似合いすぎていて、茶化すような表情まで素敵だった。

（こんなことをさらっと言える人だった？）

綺麗だとか、とても似合っているだなんて、父王達の前でだって言わなかったのに。

「そ、それじゃあ着替えてくるからっ」

少し赤くなってしまったクリスティアナは、顔を隠すように踵（きびす）を返し、待機していたメアリーゼ達を連れて続き部屋へと入った。

着ていた盛装を脱がされ、外を出歩いても問題のない軽い衣装へと着替える。

普段は背中に下ろしている金髪を、後ろで一つにまとめた。初日一回目の〝騒がしい訪問〟

から学んで、クリスティアナはこの活動では髪をまとめるようになっていた。

「殿下のこの髪型も、シンプルですが金髪がよく映えてお美しいですわ」

何か飛んできたら避けられるようにという心構え……とは言えなかった。馬車内で男共に言ったら賛同されたが、メアリーゼ達に教えたら卒倒されるだろう。

手早く着替えを済ませて続き部屋を出ると、シリウスとザガスはすでに立ち、剣帯にそれぞれの剣を差しているところだった。

（生粋の貴族で、外交官なのに剣を差し慣れているわね……）

クリスティアナがそう思った時、片付けを進めていたメイド達が窓の向こうを指差して驚きの声を上げた。

大きな鷹が、真っすぐ向かってくる。しかしシリウスがハッと顔を上げ「大丈夫だ」と言いながら窓へ駆け寄った。

その心躍るような珍しい横顔を見て、クリスティアナもハタと気が付く。

「あ。もしかして、あなたが話していた弟さんとの連絡用の鷹？」

「そうだ」

答えながらシリウスが窓から腕を出した。その場で何度か翼を大きく羽ばたかせた鷹が慎重に腕に降りると、彼は「よしよし」と嬉しそうな顔で頭から背中を撫でた。

「よく教育されていますわね……」

メアリーゼも、メイド達と一緒になって感心していた。

「うちの国の王都には、鳥の扱いなら右に出る者はいないってくらいの、鳥種の獣人名門一族がいるんだ」

ザガスの説明に、悲鳴を聞いて入室してきた騎士達も「なるほど……」と呟く。

シリウスが、鷹の首に引っかけられた防水袋を取って手紙を引っ張り出した。封筒に書かれた文字を見てホッとし、嬉しそうに指でなぞる。

それを見て、クリスティアナは微笑ましい気持ちに包まれた。

「良かったわね、弟さんから手紙が来て」

「ああ、『大好きな兄さんへ』と書かれてある」

シリウスが、早速手紙を開いた。出発前だが、クリスティアナはみんなにもう少し待っているよう合図する。

しかし冒頭を読んだ直後、彼が嘘だろと目を剥いた。

「あのっ、バ……！　こっちは書くのも緊張したのに、『元気です』ってなんだっ、バカ！」

あのシリウスが、バカって言った……。

クリスティアナは、のんびりなところもあるのかしらと思って、彼とはだいぶ違って温厚そうな双子の弟ルキウスを思い返した。

「えぇと……、シリウスさん大丈夫ですか？」

ザガスが、無言で一読したシリウスへぎこちなく声をかけた。

「大丈夫だ――国を出るまでの間の料理にほっこりしたんだと。それから、元気に馬車に揺られていて、次の町に入る予定らしい。報告は以上だ」

シリウスはむすっとした表情だった。

クリスティアナは、こらえきれず吹き出してしまった。気付いた彼が手紙を素早くジャケットの内側にしまって、軽く握った手を口元に当て咳払いをする。

「読むタイミングではなかったな。熱くなって、すまない」

「いいえ。弟さんが一番なあなたを目の前で見られて、嬉しいわ」

先日、手紙が来て飛び出していった時も、彼はそんな風にしていたのだろう。

「……君は、こんな僕でもいいのか？　弟が大切で、彼のことになると恰好もつかない僕でも」

なんだか、珍しく自信のなさそうな声だった。シリウスは手を胸に当て、じっとクリスティアナを見ている。

「弟さんのことを大切にしているあなたは、とても素敵よ」

その全部をひっくるめて、あなたが、好き――叶わない恋心と思いながら、彼が幸せな未来を願って彼女は心から微笑んだ。

ザガスが、やれやれとシリウスを見やった。

「俺は、手を伸ばしてもいいと思うんですけどね」

「……そんな簡単な話じゃない」

シリウスが窓辺で待っていた鷹に「あとで返事を持たせる」と言い聞かせて、いったん窓の外へ放った。

鷹の羽ばたきに、彼の白い髪が日差しできらきらと光るのをクリスティアナは見ていた。つい ぼうっとしていたら、シリウスが向かってきて目の前で立ち止まる。

「さぁ、行こうか」

シリウスが手を差し出してきた。

（あ……また、エスコートだわ）

しなくてもいいと何度か言ったのに、それでもしてくる。クリスティアナは触れているわけでもないのに、時々彼との距離感がなくなる瞬間を覚える時があった。

今がそうだ。胸が、トクンッと高鳴る。

見つめてくれる彼の美しい獣目は、出会った頃に比べて随分柔らかくなった。親愛がこもっているると錯覚してしまう。

だめなのに、どんどん彼に恋をしている気がした。

「――ありがとう。シリウス」

大きな彼の手に大切に手を添えた。こんなこと、あとどれくらいあるのか分からないから。

クリスティアナとシリウスの様子を、ザガス達が温かな眼差（まなざ）しで見守っていた。

◆

三人を乗せた馬車が宮殿を出発した。今回はクリスティアナ達の馬車を追う形で、一人の高官と騎士達が乗車した馬車が二台続く。

「見届け人というより、後始末担当……」

ぼそりと呟けば、向かいの席からシリウスが目敏（めざと）く視線を向けてくる。

「これは時間の節約だ。あとの始末は彼らがする。僕はさっさと蔵書のリストを得て、そのチェックに時間をあてたい」

「まぁ……そうよね」

滞在予定期間は、あと五日だ。あの王国大学会ということもあって、父達も今回は〝話し合い〟後を担当すべく、高官一人と騎士の班を付けてきた。

今回は、これまでとはわけが違うのも理由だ。

彼らは末姫のクリスティアナに、もしものことがないよう付けられた護衛部隊でもある。

「応急処置に慣れた騎士達を集めてはもらったけど、本当に大丈夫なの？」

クリスティアナは、シリウスまで真剣を所持していることを思ってつい尋ねた。

「問題ない。僕も片方を潰すよう注文したこの剣の刃の峰で打つつもりだし、斬りつけるへまはしない。今のところ平隊員のザガスも、そのへんの対応は治安部隊でトップクラスだから信頼していい」

外交官から聞くような台詞ではない。実力は目の当たりにしているが、思わずうーんと考えてしまう。

そんな中、ザガスが警戒顔でゆっくりとシリウスを見た。

「褒められていると喜んでいいのか、珍しく褒められていることに対して『気持ち悪い』と素直に反応した方がいいのか……」

「君は失礼だな。僕をなんだと思っているんだ？」

「シリウスさんは、並みの教官より厳しいんですよ」

「そんな僕に褒められているんだ、自信を持て」

そんな二人を眺めていたクリスティアナは、つい笑ってしまった。

「私から見ると二人はいいコンビだし、今のはとても信頼して褒めているように感じたわ」

「そうですかね？　まぁ、殿下がそうおっしゃるのなら」

安心していいのかとザガスが座り直した。何か思ったのか、腕を組んで車窓の向こうへ視線を投げるとこんなことを言う。

「俺としては、シリウスさんと外交でわたりあえる人がコンビを組んでくれると有難いな～と思ったりするのですが。いっそ結婚しろって言ってるんですけどねー」

「ザガス」

シリウスが少し強めに声を上げた。どこか切なそうな雰囲気を隠すように、ザガスが未成年らしいふてくされた表情で黙り込んだ。

（でも……その通りね。彼はいつか、イリヤス王国内で結婚するのでしょうね）

ゆくゆく伯爵となる人だ。いずれ妻は必要となるだろう。

クリスティアナは――イリヤス王国で彼と結婚し、妻として彼の立場や活動を支えていく女性を羨ましく思った。


それからしばらくして、三台の馬車は王国大学会へ到着した。

そこは旧会計士ホールを、アールバント・ハレルが買い取り増改築したものだ。建物は当時の威厳をたもち、華やかさよりも厳粛さを際立たせた。

大きな鉄の門を押し開くと、剣の訓練も行われている広い地面が開ける。

そこには、決闘予定時刻を待って同じ制服に帯刀をした男達が総勢で待ち構えていた。同じく帯刀したシリウスとザガスが、向こうにいる彼らと見つめ合う。

――なんだろう、これ。

たぶんクリスティアナだけでなく、後ろにいる高官と騎士達もそんな感想が浮かんでいることだろう。

「これまでも説得という名目で挑んできた会はあったが、まさか初見で『決闘で白黒付けよう』と言われるとは。ナメられたものだ」

一歩前に出て腕を組んでいた男が、そう切り出した。彼も他の男達と同様に逞しく、やはり学者には見えない。

馬車から降りる際、ザガスが『何部隊？』と呆れたように聞いてもいた。

「俺達はこの国の学問、教育組織の三大柱からできた特別な学会だ。ぽんぽん出てきているようなそこらの会とは、わけが違う」

「へぇ。随分威勢がいいな」

シリウスが面白そうに片眉を上げる。男は不快そうな皺を眉間に刻んだ。

「学は学、政治は政治、軍は軍であればいい。俺達は、大多数の意見を反映した〝柱〟にも従っている。暴れ回っているという大層盛られた噂話は耳にしたが、国の外から来た国賓の外交官様にとやかく言われる筋合いはない」

「僕はクリスティアナ王女殿下に従っているだけだ。君達も先日の声明は聞いたはずだ――彼女は『仲良くしてくれると嬉しい』、だそうだぞ？」

「くっ、我らがアイドルの姫様のことを持ってくるとは、ほんと卑怯な……！」

発言していたリーダーらしき男を含め、彼らの厳めしい雰囲気が一気に崩れた。

シリウスはニヤニヤしていた。なんだろう、これ、とまたしてもクリスティアナは思ってしまった。

「僕も中立の立場として、立派な学と政治が独立している現状は才能を殺すようなものだと感じ、クリスティアナ王女殿下の意見に胸打たれて協力にあたることになった。よりよい国の発展としてはいかがなものか、と僕としても彼女と同意見で和解を勧めているだけだ」

「ほとんどが俺達と同じ意見だぞ」

「それはどうかな」

悠々と言い返したシリウスが、書面の写しを取り出してにっこりと笑った。

「この通り、君らの言う〝三大柱〟も『学及び活動については独占しない方向を考え、速やかに善処していきたい考え』と国に約束をしたが？」

男達がざわついた。

これは先日、クリスティアナと共にシリウスが会合に同席し、三大柱のトップと会談して成立させたものだった。王国大学会はよそとは距離を置いている状態のため、最新の情報はまだ知らなかったらしい。

「大多数の意見は、今や僕に賛同している――というわけで、君ら流の〝決闘〟で決着をつけたい」

写しをジャケットの内側にしまったシリウスが、腰に差している剣をとんとんと指で叩いて見せた。その美麗な顔には、挑発的な笑みが浮かんでいる。

「いいだろう。たった二人で、俺ら全員を見事打ち倒せたらな」

挑発を受け取った男達が、一斉に抜刀した。

それに応(こた)えて、シリウスとザガスもそれぞれ剣を抜いて構える。

「また建物が壊れるんですね。承知しました」

見届け人の高官が、慣れた感じでノートを広げてペンを走らせた。

「ごめんなさいね、またあなたに余計な仕事をさせてしまって……」

「よろしいのですよ、殿下。城で聞き取りをするより、現場を見ての方が早いです」

「……うん。ここ毎日続いていて、ほんとごめん」

初めて報告を受けた時、何それ、と目を剥き『禿(は)げそう』と同僚と部下にこぼしてもいたという彼は、いまさらもう驚きませんと覇気のない顔だった。

と、王国大学会側のリーダーらしき男が剣を掲げた。

「俺らの王国騎士道を見せつけてやれ！」

そう号令が上がった瞬間、雄叫(おたけ)びが続いて両者が走り出した。

ツッコミどころが思い浮かんだが、見守る騎士達やクリスティアナの言葉を、三人の剣を打ち破ったザガスが代弁していた。

「お前らは学者だろ！　うちの王都の文系の連中と同じこと言ってんなぁもう！」

後半の台詞には「……ん?」と思わされた。イリヤス王国の文系は、揃いも揃って王国大学会の男達と同じだったりするのだろうか。

けれど異質で全員が騎士号を持っていることでも知られている王国大学会の若手達より、外交官であるシリウスの剣捌きが遥かに上回っていた。

正面から刃を突かれた男が剣を砕かれ、相手が剣を振り下ろすよりも速く彼の峰打ちが入った。ある者は、受け止められた剣ごと吹き飛ばされていく。

「というか、人が飛ぶって……」

現場を初めて見た騎士達が、嘘だろと呆然と目で追いかける。

(拳で殴るのと、大して変わらない気がする……)

クリスティアナは、シリウスの暴れっぷりを眺めてそう思った。彼が随分武器の扱いにも長けているのが分かった。

開始間もなく。大人数だった男達が、ひぃひぃ言いながら逃げ出す姿が目立ち始めた。

もちろんシリウスは逃がさなかった。悠々と猛スピードで距離を縮める姿は、獣が獲物を追う構図にも見えて、きっと追われる側の恐怖は二割増しだろう。

「う、噂には聞いたぞ! 外交で来てるはずだろ! こんなことしていいのか!?」

初めに威勢よく言い返していた男が、必死に逃げながら後ろに向かって喚く。

追うシリウスが、ぐんっとスピードを上げた。

「ひぃっ、来るな！」

「言ってしまうと、僕が担当する外交先では、こんなのはしょっちゅうある」

「ぐぇっ！」

逃げる男の背に、シリウスが両足でトドメをさした。

「確かに、しょっちゅうだなぁ……」

それを見届けたザガスが、そうぼやいていた。

カオスな光景だ。以前あった五十人を超える時以上の数の人間を相手に、たった二人で挑んでいるとは思えない。二人揃って剣による裂傷を負わせていないのも、またすごい。

「姫様、あとで鍛錬についてザガス様に話を聞いてみようと思います」

「そうね。勉強になるかもしれないわね」

つい口にした騎士に、クリスティアナは頷き答えた。

もう好きなだけさせていよう。そう彼女達が諦めの心境で眺めつつ、そう会話するだけの余裕があった。

これがイリヤス王国の守護神と呼ばれている獣人族の〝力〟なのだろう。

人族であるザガスも、まだ平隊員だというが彼に引けをとらない活躍っぷりだ。

相手は王国騎士のような男達だったが、もはや本気でシリウスから逃げ回っていた。威厳の象徴のような建物の尖塔をシリウスに拳で叩き折られた時なんて、全員で大絶叫を響かせていた。クリスティアナ達は合掌(がっしょう)した。

　そして、勝敗はあっという間に決した。

「なんだ、もう終わりか？」

　シリウスが、自分とザガスの他は地面に伏せている状況を見渡した。男達はくぐもった呻(うめ)きを上げ、すぐには答えられない様子だった。

　ノートに賠償用の破損個所をまとめる高官が、今にも失神しそうな目を必死に見開いていて、クリスティアナは心配になった。

「君が『次世代』とかいう奴のリーダーなんだろ」

　剣を鞘(さや)に収めたシリウスが、初めに交渉に応じた男に歩み寄って見下ろした。

「……リーダーじゃなくて、王国大学会の副長だ」

「それは失礼。初めに自己紹介をすべきだったのに、それをしなかった君が悪い」

　きつい言い方だが、礼儀としては正しい。

　男がぐうと唇を噛(か)む。クリスティアナ達が「追い打ちをかけなくても……」と同情を浮かべた時、シリウスが懐から一つの紙束を取り出し、しゃがんで男に差し向けた。

「……なんだ、これは？」

「僕がエドレクス王国を見て知った中で、学問のより良き可能性についての見分だ」

「は？」

「僕は殿下と一緒に君らを説得しに来たんだぞ。その意見をまとめたものだ」

受け取れと押し付けられ、男が地面に胸を付けたまま困惑気味に受け取った。

「紙にまとめれば、全員が聞き間違いもなく共有できるだろう」

「まぁ、そうだけどさ……」

「この国はとても素晴らしい。だからこそ、互いに協力し合う関係を築くことで、もっと素晴らしい国として周辺国から、より多くの尊敬と注目を受けることになる。それを踏まえた上で、あとで署名して城に持ってこい」

紙束をパラパラとめくっていた男が、聞き届けたところでハッと顔を上げた。

「いやっ、それ叩きのめす前に出せよ！」

いらなかったじゃん決闘！　と周りの全員が叫んだ。

「はははっ、でも楽しかったろ？　君らは、立派な王国騎士でもあるわけだし」

貴族らしからぬしゃがみ姿勢で、シリウスが朗らかな笑い声を上げた。

ザガスが「全く、この外交官は」と呟いたが、口元の笑みをこらえきれないまま剣を鞘に収めた。

「……あんたの方が、楽しそうだ」

副長の男が、ぽつりとそう言った。地面に転がっている全員が、つい先程までと違った目でじっとシリウスを見ていた。

「なんと言うか、初めて見た時の嫌味っぽさもなくて活いきいきしている」

「そりゃ机上で語り合うより、断然楽しい。僕は遠くで指示するより、現場の方が好きでね」

「なるほど、こりゃあ――某国の外交官様は風変わりでいらっしゃる」

男が一拍置き、それから言葉を言い改めて苦笑をもらした。

見ていた高官や騎士達は、立ち上がるシリウスから目をそらせない様子だった。クリスティアナはそれを見て、ザガスと同じく誇らしげな気持ちで笑ってしまう。

彼らもまた、シリウスに感銘を受けているのだ。

それは彼にしかできないとんでもなく型破りな方法で――シリウスは、確かに、人と向き合う〝いい外交官〟だった。

ザガスが改めて動き出すのを見て、騎士達がハッとして向かった。

それと擦れ違うように、襟を整えながらシリウスが足早に戻ってくる。どこか焦ったようにクリスティアナの前に立った。

「どう？　僕のこと、見直してくれたかな」

落ち着かない様子で伺ってくるシリウスがおかしかった。怒るとでも思ったのかしらと思って、クリスティアナは笑いかけた。

「私、あなたのことは初めから尊敬しているわよ。ますます素敵だなと思ったわ」

信じられなかったのか、シリウスが戸惑ったみたいな顔をする。

「つい先程の余裕はどこへいったのよ。もっと違う反応をされるかと思った？」

「……まぁ、散々『むちゃくちゃだ』と言われて。決闘のことをあとで知って、色々と言ってもきただろう？」

それを少し気にしていたようだ。初めから自信があって堂々やっていたことなのに、変な人だ――その全部をひっくるめて、好き。

クリスティアナは口に出せない想いを胸に、つま先立ちをしてシリウスに顔を寄せた。

「私は、あなたみたいな外交官を誇りに思うわ。弟さんのために頑張る姿を貶す人なんていないわよ。自信を持って。あなたは、とっても素敵な人よ」

好き、そんな思いを込めて内緒話のように囁いた。

シリウスが、片耳を押さえて挙動不審に距離を取った。気のせいか、なんだか彼の顔がほんのり赤いような――。

「そ、そうか。君がそう言うのなら」

けれどクリスティアナに確認する暇を与えず、シリウスが踵を返し「それじゃあ蔵書リストを取ってくる」と行ってしまった。

◆

そのあとは、なんとも目まぐるしかった。

副長からもらった蔵書リストは膨大だった。しかもアラン・カルシカータ図鑑目録の控えがあることが判明し、納められた全三十のうちの九割を所持していることが分かるなり急ぎ捜し出すことになった。

その日中に、王国大学会から国王陛下へと謁見の申し込みがあった。

そして翌日には『門を広く開く』という大々的な知らせが新聞の一面を飾った。これからアールバント・ハレル理事長と対話を重ねながら、若い世代を中心にして王国大学会内の改革を進めていくとのことだ。

【どのグループよりも先を行きそうである】

そんな号外は、王都民からも高く注目を集めた。それによって対抗するかのように各学者団達も次々に名乗りを上げる、という前代未聞（ぜんだいみもん）の宣伝合戦にもなった。

そんな最中、シリウスの私室では引き続き三人の作業が行われていた。

「こんなに喉（のど）を使ったのも久し振りかもしれない……」

たくさんの本が積み上げられたカーペットの上で、クリスティアナはぐったりとして次のコレクション本を手に取る。

さすがに淑女が殿方の部屋に夜いるのは憚（はばか）られ、昨夜は午前零（れい）時をだいぶ過ぎるまで、二階図書室でチェック作業を進めていた。そして今朝は学者達の大改革を成功したとしてまたしても社交の場に引っ張りだされたクリスティアナは、二時間の公務を経てすぐにシリウスの部屋で待ち合わせた。

「くぅ。時間があるなら、アラン・カルシカータ図鑑目録の本全部読みたい……！」

書物の目次を眺める中「飛ばし読みだなんてっ」と思わず心の声を吐露するクリスティアナに、ザガスが「まだ読むんスか」と頬をひくつかせた。

「殿下も、相当な読書家ですよね……」

「いいじゃないか、あの副長も『殿下が読みたいのならどうぞ』と気前よく貸してくれた。あとでゆっくり読めばいい」

「ううん、正式な貸し出し証明書もないのにだめよ……これ、国に一冊しかない本当に貴重な本なのよ……アールバント・ハレル氏と対面した時、なんと言われるか想像するとこの作業も怖いわ……」

「僕が思うに、彼はもっとも翻訳の協力者だった君の母上のファンだった思うけどな」

揃いの白い手袋をしたシリウスが、手帳に書き込み整理しながら言う。

「大臣に聞いたところ、王国大学会以前から彼は個人的に貴重本を貸していたとか。君が昔読んだ本は母が読み聞かせてくれたものじゃないか？」

「まさか。たまに顔を合わせると睨まれるのよ、私が自由奔放なのは知れわたっているからに違いな――あら、何か発見でもあったの？」

シリウスが口角を引き上げたので、もしやと思って尋ねてみた。

「先日見付けた『癒しは獣を人間に変えた』という物語の一節、この最古の原作と言われているシリーズの六冊にも該当している。手紙でルキウスが報告してくれていた、イリヤス王国の地域伝承『山犬男』の派生地で発見した一節と類似している」

イリヤス王国の伝承と酷似していたから気になったようだ。

アラン・カルシカータ図鑑目録を参考に、ハッピーエンドに分類されている書物には、全て『癒し』とキーワードが入っていた。

シリウスは『山犬男』と『狼男』に共通点を見出したようだ。

前者と違ってたくさんある『狼男』シリーズ。その最古版はハッピーエンドの際の解決した一文に違いが少ないことも着目した。

「もし『山犬男』と最古版の『狼男』が偶然にも同じ物語だとすると、抽象的なその『癒し』が指しているモノは舞台の土地――つまり僕らの国自体に答えがあるんじゃないか？」

「確かに。俺らの国で『癒し』とくれば魔力関係です」

イリヤス王国民の人族が宿している魔力は、共通した特徴があるという。

――その性質は、例外なく〝癒し〟だ。

実はシリウスは、ルキウスと馬車で話し合った際に、獣化が〝記録が残されるようになる以前のもの〟という説を二人で打ち出していたらしい。

「遠い昔になくなってしまった症状だとしたら、自国に可能性はあるかもね。獣人族の先祖返り自体、そちらの国独特の症状、だし……」

クリスティアナは、膝の上で開いている書物に目を落としたところで、目に飛び込んできた文章にルビーの目を見開いた。

【――人ではないモノの血が混じったその御子は】

自分が先程答えた言葉と、開いた書物のページの古語の翻訳分が頭の中で絡み合い、不意に彼女の記憶を〝正しく呼び出す〟。

「どうした？　目の使いすぎで気分でも？　確か、以前も翻訳を頼んだら――」

シリウスが持っていた本を下げ、高い背を屈めて顔を覗き込む。

「いいえ、違うの。思い出したのよ。この本だわ」

クリスティアナは、頭の中の情報を整理しながら二人へ視線を返した。

「以前、あなたに翻訳していた時に覚えた引っかかりの謎が解けたの。私、ハッピーエンドを考察している古典研究学者オーヴェ著書全百十巻の中で、あなたが気にしているその類似する一節を〝読んだ〟のよ」

今度は彼らが目を見開く番だった。

「殿下、冗談ですよね？　あなたが読んできた膨大なご本の中の一つが引っかかったと？」

「君は文章の一字一句さえ覚えているのか？　冗談だろ？」

「ほんとよ。考察にこの本のタイトルが上げられていたの。待っていて、オーヴェ著者の〝その巻と章の部分とページも〟思い出してみるわ」

　クリスティアナは、本に目を落として意識を集中した。

　無言で手を出すとシリウスがペンを、ザガスが近くに置いてあったメモ用紙を渡した。そして一分もかからず、彼女は紙に本のタイトルを書き出した。

　ベルを振って使用人を呼び出すと、部屋の外で待機していたメアリーゼが入室する。

「殿下、いかがなさいましたか？」

「これを持ってこさせて。図書館の五十四番棚、上から三番目に収まっているはずよ」

「かしこまりました」

　読み返したい本を普段からそうやって頼まれていたメアリーゼが、いったん退出していく。それをシリウスとザガスが、ぽかんとした顔で見送った。

「……驚異的な記憶力だな。やはり翻訳だけでなく、君は記憶にも特化しているのか」

「何を言っているのよ。読んだから知っているだけよ。ただ、そのページにずっと謎だった不思議な挿絵が載っていたから、見てもらいたくなって」

　シリウスとザガスが、ますます分からないといった顔を見合わせた。

　それから間もなく、護衛騎士の一人が本を抱えてやってきた。

「これなの。人体図のようなんだけど、別物というか――変でしょう？」

クリスティアナは、真っすぐ該当ページを開いて二人に見せた。血液の流れ、にしてはおかしな図形を指差す。

一目見た瞬間に、二人は唖然としていた。

「……これ、『魔力器官』じゃないですか？」

ザガスがぽつりと言った。

「確かに。これはイリヤス王国だと、人族の『魔力器官』の体内図だと思う。恐らく挿絵のこの流れの部分は、精密な魔力操作の見取り図だ」

まさか信じられない、とシリウスが顔の下を手で覆う。

「魔力操作？」

「殿下、魔力球石を作れる者もそうなのですが、彼らは体内で魔力操作ができるんです。それを鍛錬する時にも、こちらのような見取り図が使われるとは聞きます」

それを学ぶための国立の専門機関があるそうだ。

しばらく考え込んでいたシリウスが、クリスティアナを見て口を開く。

「ちなみに、この古典作品の内容は？」

「『人ではないモノと人間の子』が主人公で、オーヴェの解説だとハッピーエンドで終わってる第二十七番のコレクション本ね」

「殿下。その物語の類似文を探せますか？」

ザガスが追って言ってきた時には、クリスティアナは肩にかかった金髪を後ろに払って探していた。任せてと答え、早速該当の書物を引き寄せる。

【癒しによって、彼は人の中で末永く暮らした】

これが、この古典作品の〝オチ〟だ。

探し出した古語を翻訳して読み上げたのち、しばらく場が静まり返った。

「生憎(あいにく)僕は魔力操作系の知識は素人(しろうと)だが、これを他のものとまとめて至急ルキウスに送ろう。タイミングがよければ、そのまま王都で専門家に見せられるはずだ」

「それがいいですね。俺が写しを取ります――殿下」

「分かったわ。必要なものをすぐ用意させる」

調査が急転して最終章に突入したのを感じ、クリスティアナは立ち上がって扉の外に控えている護衛騎士達に急ぎ指示を出した。

◆

その日のうちにシリウスが手紙を送ったことで忙しい調査活動は実質終了となり、それがこの国から送る弟への最後の報告書となった。

滞在期間を二日半ほど残し、三人の間には日常が戻ることになった。

その間に王都の学者団は、学問三大柱のトップ達の協力表明、王国大学会の協力体制宣言をきっかけに全組織が国王達への支持へ回った。

末姫クリスティアナは両者の和解と協力体制のために尽力（じんりょく）し、見事成し遂げたとして、翌日に国王側と学者側から称賛を贈られた。

そして目的達成に不可欠だったと公の場で語った彼女の『有難いお言葉を頂戴（ちょうだい）した』ことにより、助力したシリウスとザガスも王の間で国王自らの感謝の言葉をもらい、のちに国王から褒美が贈られることになった。

（いかにも私の功績、というのが後ろめたい……実際はシリウスの案で、頑張ったのも彼らだとは教えられないから。これくらいのことはしたいわ）

そんなこんなで、忙しかったり吉報も続いたりして、帰ってきた日常はとんとんと過ぎていった。

クリスティアナは、その間も公務と『賢者の目』の活動に追われた。二人も外交や社交が入り外出などできる余裕はなかった。

より引っ張りダコになったシリウスは、隙間（すきま）時間に図書室に立ち寄って引き続き城に届く本を読んでいた。

ぎりぎりまで情報収集するつもりなのだろう。それに付き合う形でクリスティアナとザガスも短い休憩時間を揃えて、三人は以前と変わらず図書室で集まった。その仲の良い風景を城の者達も見守った。

(こんな日々も、もう終わってしまうのね)

クリスティアナは彼らに会うたび寂しさが募った。いつも通りのシリウスを見て、自分も普段通りでいることに努めようと決めていた。

(引き留められない。私は……彼が笑って出国できるように見送るのよ)

けれど出国式が明日に迫ると、母達や姉達に知られないよう元気よく振る舞うのが苦しかった。気を抜いたら、口から想いがこぼれてしまいそうだった。

「………あなたが、好き。一緒にいたい」

せめて想いを伝えられたら、と一人になった時に願いそうになった。

刻々と出国式が迫ってくるのが苦しかった。しかし二人と最後の別れの時間を持った前日の夕刻、思いもよらない嬉しい知らせがあった。

【夜、私室から近い図書室で】

メアリーゼに、シリウスからの手紙をこっそりもらったのだ。

明日は、出国式でシリウスの方も朝から支度が入る。二人が次に顔を合わせるのは王の間だ。未婚の淑女が夜の城を歩くものではないけれど、クリスティアナ付きのメイド達や騎士達も協力的だった。

(もう一度だけ、また彼とお喋りしたいわ)

城が静まり返った時刻、クリスティアナは寝室を抜け出し、ナイトガウンを羽織って図書室を目指した。

月明かりが照らす廊下を進むと、一つだけ灯りがついているその場所に、シャツ姿で一人がけソファに座っているシリウスがいた。

「こんな遅い時間に、すまない。大丈夫だったか？」

足音で気付いたのか、すでに本が膝の上に置いてあった。

小さな円卓からの灯りで、彼の雪みたいな白い髪が淡く光って見えた。静かな夜の雰囲気のせいか、なんだか空気が濃密な気がしてドキドキしてしまう。

「私は平気よ。少し眠れなかったから、ちょうど良かったし」

話していたらまた寂しい気持ちが込み上げ、気を紛らわせるように向かいながら話を振る。

「遅くまでお疲れ様。また調べもの？」

「いや、これはただの本だよ。……昨日も、なかなか眠れなくて」

何か言葉を続けた彼が、すぐそばに用意していた同じ一人がけソファを勧めた。クリスティアナは腰を下ろし、彼がサイドテーブルに置いた本を見やる。

「あなたが普通に読書しているのも珍しいわね。あら、これって私の護衛騎士のデューンのお薦めじゃない？」

「ご名答。彼のイチオシらしい。よく君に本をねだられたと言っていた」

「そう、そのせいで図書室の合鍵まで持つようになったの」

思い出して、クリスティアナはくすくす笑った。

それを見たシリウスが、灯りが反射する美しい獣目を柔らかく細めた。

「君も色々と読んでいるみたいだな。これを薦めたのも君だと聞いて読んでみたが、法務官が主人公なのもなかなか面白かった」

「ふふっ、一日じゃ足りないでしょ。今二十三巻も出ているのよ」

「ああ、全然足りないな。今、四巻目だ」

「もう四巻なの？　あ、ほんとだ。忙しいのに、結構読み進めているじゃないの」

顔をじっと見合わせると、なんだかおかしくなってきて笑い合った。

（この空気、好きだわ）

クリスティアナは、こんなにも穏やかな気持ちは初めてだった。恋は胸が苦しくなったりするものだと思っていたけれど、その先にあったのは相手への深い愛情だった。

想いを伝えることも叶わない。

でも、自分の初めての恋はこれでいい――そうクリスティアナは思った。

彼は弟の幸せが分かるまで、他のことを望む余裕さえないだろう。自分の恋より、彼女は彼が一番大切にしている弟と笑い合える日々を願った。

「明日には帰国ね」

シリウスを見つめていたら好きな気持ちが溢れ出てしまいそうで、一度窓の夜の風景を眺めるように目をそらしてそう言った。

「王の間で、褒美の願いを聞く時間があるのは知らされているわよね？　お父様達にはたくさん貢献したんだから、欲しいものがあるんだったら遠慮せずに求めなさいよ。今なら、複製本がある貴重書物くらい学者達からもらえると思うわよ」

目を戻して彼に笑いかける。これまで彼が足を運んだ先の学者達は、今や彼のファンみたいに支持していた。

「欲しいもの、か」

シリウスが顔を伏せ、呟く。

「実は、君を呼んだのも話したいことがあったからだ」

何かつらいことでもあったのだろうか。クリスティアナは、組んだ手をぎゅっとする彼が心配になった。

「弟さんのことで何かあったの？」

「いや、違う」

「私にできることなら、なんでもするわ。だから言ってみて」

顔を近付けたその時、シリウスがクリスティアナのいる椅子の肘当てを掴んだ。

頭に回った手に引き寄せられる。あっと思った時には、こらえるような彼の表情が迫っていて――シリウスと唇が重なっていた。

あっという間のことで、離れる直前に啄まれる感触に、初めてキスであることに気付いた。

「すまない、衝動的だった」

そっと離れた彼が、切なげな顔で悩ましげに眉を寄せる。

「衝動的って……」

「君が欲しい、と言ったら怒る？」

思いもよらない告白に、クリスティアナは赤い目を見開いた。

「僕が欲しいものは、君だよ、クリスティアナ」

驚く顔を覗き込み、彼が手を包み込む。すぐそこにある美しい獣目の艶やかな青に、吸い込まれそうでくらくらした。

「僕がこんなことを望むだなんて、許されないのは分かってる……。すぐに君を迎えることだってできないだろう。でも僕が明日この国を離れたあと、君に縁談が来てしまったらと考えると昨夜も眠れなかった。恋をしてしまったんだ、苦しくてどうにかなりそうだ」

「シリウス、あなた……」

余裕もなく言い募る彼に、胸が熱く震えた。驚きで声が出ない。

（ああ、どうしよう。私――）

伝えてはいけない、と本心を抑え続けた日々のことが脳裏に蘇る。

けれど応えたくてたまらなくなった。何も望まないだろうと思っていたその人が、何より自分を望んでくれたことが嬉しい。

「諦めようと思ったんだ。でも、心から君を好きになってしまった……。最後の今夜、この気持ちを抑えるなんてできなかった」

彼の美しい紺碧（こんぺき）の獣目が、より切なげに細められた。

（あ、この顔……知っているわ）

クリスティアナは、図書室で抱き締められた時のことを思い出した。自分の行動に驚いたみたいな顔をして、そしてどこか傷付いたような表情も浮かべていた彼――。

あれは、彼の、心からの『好き』の叫びだったのだ。

（あの時にはすでに、今の私と同じ想いを抱いていたの？）

気付かされたその事実が、クリスティアナの胸を喜びに震わせた。あれは助けるための事故でもなんでもなく、彼の意志で抱き締めてくれたのだ。

「君に、プロポーズしてもいいかな」

込み上げる想いに唇も動かせないでいると、シリウスが指先を握り直してきた。

「すぐには結婚できないが、僕自身のけじめがついたら、必ず迎えに来る。その時は、僕の元へ嫁いできて欲しい。そして再会が叶った時には、……どうか獣人族として君に求愛させてくれ。ここに、僕の求婚痣（あざ）を贈りたい」

シリウスが手を口元へと引き寄せた。彼の唇が、以前よりも強くクリスティアナの手の甲に押し当てられる。

彼の元へ、行きたい。

その思いが胸にぐっと込み上げた。肌の感触を焼き付けるみたいに、長らく唇で触れている彼が愛（いと）おしすぎた。叶うのなら、彼と一緒にいたい――。

「シリウス、嬉しいわ」

想いを伝えられることへの喜びに、声が震えそうになった。

「私も、あなたのこと好きよ。一緒に過ごす中でどんどん好きになって、……心から愛してしまったの。他の誰も考えられないくらい」

どうか行かないで、という言葉を呑（の）み込んで微笑んだ。

「結婚の申し込み、喜んでお受けいたします」

「本当に？　いいのか？」

シリウスが思わずといった様子でクリスティアナの手を引き、肩を抱いて覗き込む。

「とても嬉しい。だが、君は一国の姫で――」

「分かってる、だから切り出すのに悩んでいたのね。安心して、お父様は私の気持ちが一番だと言ってくれたの。だから待ってるわ」

「……僕は君を待たせる不甲斐（ふがい）ない男だ。それでも、僕を選んでくれるのか？」

「それでも私は、シリウスの隣がいいわ。たとえ婚期が遅れた年齢になってしまったとしても、信じて、ずっとあなたを待ってる」

クリスティアナは、自分から寄り添うように彼の胸板にそっと触れた。

同じくらいドキドキとした鼓動が伝わってきた。その温もりも愛おしくて、初めて恋をした人へ胸は高鳴るばかりだった。

「いつか、私をイリヤス王国に連れていってね」

「連れていく。必ずだ」

「うん。……それから、馬に乗って移動もしてみたいわ」

「君が望むのなら、いくらでも」

話しながらシリウスが頭にキスをする。それには驚いたけれど、続いてじっと熱く見据えられてしまい、クリスティアナは今になってかぁっと頬を染めた。

「あの、そんなに見られたら顔に穴があきそうだわ」

「ずっと我慢していたから、夢みたいで……またキスをしてもいいか？」

「それで見ていたの？」

目を丸くする彼女の顎に指をかけ、シリウスが顔を上げさせる。

「またキスすることだけを考えていたと言ったら、君は軽蔑するかな」

「――いいえ、全部ひっくるめて好きよ」

そっと唇を差し出せば、シリウスが柔らかな唇でしっとりと彼女の口を塞いだ。

優しく唇を啄まれて、胸が甘く締め付けられる。

そっと舌で撫でられると、不思議な甘い痺れが腰まで走り抜けた。身体の強張りが解けると、シリウスは遠慮なく何度も重ね直す。

「ン……んぅ……」

とろけそうな甘い口付けだった。繰り返すほどに身体は火照り、吐息を湿らせ二人のキスはあやしげになっていく。

と、不意にシリウスに抱き締められ、持ち上げられて驚く。

寝椅子に仰向けに押し倒された。再び素早く唇を塞いだ彼が手を押えつけ、クリスティアナのいる寝椅子にそのまま上がる。

「んんっ……シリウス、何、あっ」

驚いた唇を離した直後、首に吸い付かれて身体がはねる。

「クリスティアナ。どうしよう、とても噛みたい」

「えっ、でもそれは」

その時ではないでしょうと言おうとした言葉は、肌に這う彼の舌の感触に吐息が震えてできなかった。

いつもより手首を掴む力も強くて痛い。耳元で荒い呼吸がする。

「ずっと我慢していた。この肌に噛みついたらどんなに至福だろうかと。君と想いが結ばれるとさえ思っていなかった」

感情のまま話すような言葉に胸が震えた。

いつも強靭(きょうじん)な理性を持っている強い人の印象があったから、ストッパーでも外れたみたいな熱意にくらくらした。

「んっ」

襟飾りの上の肌を舐(な)められて、火照った身体に甘い痺れが強く走った。

鼻にかかったような声が出て恥じらった。つい様子を窺うと、唇を離したシリウスが熱の宿った美しい獣目で微笑んできた。

「可愛(かわい)い」

ぺろりと唇を舐めた彼の、その甘ったるい声や艶やかな笑みにくらりとする。

まさか堅実なシリウスにこんな一面があるとは知らなかった。ずっと我慢していたと言っていたし、これまでも実のところ頑張って隠していたのか――。

もし弟の事情という〝枷(かせ)〟がなくなってしまったら、どうなるんだろう？

寝椅子にのしかかられていることをハッと自覚したクリスティアナは、目の前の獣という名の男性をどかすべく渾身(こんしん)の力で右手を奪い返した。

「そ、そういうことするのは『待つ』んでしょう!?」

理性を取り戻させるべく、思いっきりシリウスの頭に手刀を落とした。

ガツン、といい音がした。

彼は呻きもせず、かといってぴくりとも動かなくなっただけだった。身につけていた護身術を全力でふるってよかったのか心配になった。

「えーと……シ、シリウス？」

恐るおそる声をかけると、俯いていた彼の冷静になった目が見つめ返してきた。

「……すまない。少々本能が勝った」

「そ、そうなの」

以前から、彼がたびたび『本能』と言っていた意味が分かった気がした。獣人族特有のものなのかもしれないと思って、ひとまず慎重に彼に離れてもらう。

（それにあのまま続けていたら……私の方がまずかったかも）

婚約者でもないのに、二人がどうなっていたのか分からない。クリスティアナだって、彼の噛んだあとに現れるという求婚痣を見たいと思っているから。

「もう一度……と言いたいところだが、いつの日か、またキスをさせて欲しい」

シリウスが悲しげに微笑む。

これで、彼とはお別れ。クリスティアナはハッと胸を詰まらせ、目を潤ました。しかし一時でも想いを交わせたことは幸せだった。

「うん。楽しみにしてる」

嬉しくて微笑み返した。彼も今度は温かく笑ってくれる。

「それじゃあ、おやすみ、クリスティアナ。また明日王の間で」

「ええ、おやすみなさい、シリウス。良い夢を」

最後に抱き締めることも今の二人には難しくて、せいいっぱいの自制を働かせるように両手だけを握り、そして、明日の早い起床のため別れた。

終章　出国の日

翌日、王の間にて、シリウスとザガスの出国式が執り行われることになっていた。

各学会代表や学者達の姿もあり、入国を迎えた時以上の大勢の者が詰めかけた。顔に絆創膏を貼ったりしている若い学者らを、貴族らが不思議がって見てもいた。

「クリスティアナ、本当にいいのかい？」

開会の挨拶の前、父に心配された。

「お前からの挨拶の言葉の時間を取ってもいいし――」

「いいえ、大丈夫よ。昨日、別れの時間を過ごさせてくれてありがとう」

昨日の夜、密かにシリウスと会って想いを伝え合ったことは黙っていた。この出国式が落ち着いてから、父に相談するつもりだ。

当初予定されていたものよりも盛大になった出国式は、順調に進んだ。

シリウスやザガスと交流した大貴族達からの挨拶の時間も取られ、今回の外交の円満な功績なども発表された。

学者陣を代表し、アールバント・ハレル氏が壇上に登場した時は誰もが驚いた。

「誰もがイリヤス王国に親しみを持ち、今後の国交もよりよきものになっていくだろう」

そう締められた演説は素晴らしく、貴族も学者も一つになったかのように揃って拍手喝采を送っていた。

(ああ。長いようでいて、あっという間ね)

王家の席から見守っていたクリスティアナは、正装姿のシリウスとザガスが、玉座の前に進み出てきたのを見て密かに深呼吸する。

この姿を見るのも、これで最後だと思うと悲しさに胸が締め付けられた。

この二人といるのが好きだった。彼らのやりとりは賑やかで、楽しくて――そして、彼女は一人の女性としてシリウスを愛した。

二人が、滞在させてくれたことへの礼を改めて父へと告げる。

「礼を言うのはこちらの方だ。我が末姫クリスティアナが大きな勇気で名乗りを上げてくれた活動について、献身的な協力をしてくれた彼らには褒美を取らせたいと考えている。それではクリスティアナ、皆の前で望みを聞いてあげなさい」

「えっ?」

ぼうっと眺めていたら、急に話を振られて驚いた。

そんな予定は聞いてない。クリスティアナは王女としてすぐには答えられず、ドレスを少し持ち上げ玉座へ駆け寄った。

「ここ、『お父様が威厳たっぷりに聞く』って予定表にあったはずですがっ?」

「そのままここで見送るなんて、寂しいだろう？」

慌てて囁き尋ねると、父もこそっと答えてくる。

「そのまま一緒に退場の流れにもっていって、案内役として馬車まで見送れるようにしてあげようと思って。そうしたら、それまで話もできるだろう？」

「なぜ、それを初めに打ち明けない!?」

「サプライズになるかな〜と思って。嬉しいか？　あとで私に喜びの抱擁をしてくれるか？」

「そ、そんなの……嬉しいわよっ」

怒っていいのかなんなのか分からなくなって、クリスティアナはそう本音を答えた。

他の人々が「何を話しているんだろなぁ」と言葉を交わす中、シリウスが顔を横にそむけて小さく震えていた。それをザガスが隣から見て「惚気……？」と呟いた。

台本を用意してあるからと紙を手渡され、クリスティアナは気恥ずかしい思いで、玉座から続く階段を下りて二人の元へ向かった。

「なんか改まって顔を合わせると、恥ずかしいですね」

目の前に立ったクリスティアナへ、ザガスが照れたように小さな声で言ってきた。

「私もそうよ。まさか、こんなことになるなんてね」

「僕は嬉しいけどね。素敵なサプライズだ」

シリウスが、美麗な顔にやけに輝く笑みを浮かべて口を挟む。

「えっ……あ、もしかして聞こえてたのね⁉」

「もちろん」

「まぁ、告白して想いが通ったあとですし、余計に嬉しいんでしょうね」

「ちょっと、なんでサガスさんが知ってるのよ⁉」

「そんなの、朝に会ったシリウスさんを見れば分かりますし、聞いたら即、嬉しそうに教――」

その時、入り口から一人の騎士が慌ただしく駆け込んできた。

「急ぎ申し上げます！」

大きく響き渡った声にも驚いたが、何やら手に持ったものを振っている彼の頭を、大きな鷹が翼で打っている光景にも人々が目を剥いた。

「あなた、大丈夫ですの⁉」

「ご婦人お気になさらず、これはシリウス様の鷹でして――」

「なんでずっとやられているんだね⁉」

「はぁ。なんだか急かされているようなのです。受け取らされたかと思ったら、私だけ狙ってきまして」

走りながら律儀にも答えていく騎士はデューンだ。人々の間を抜けたところで、彼は玉座に向かって右手のものを大きく掲げた。

「陛下、実は次期外交大臣様へ『至急』と書かれた手紙が届きましたっ。ならば急ぎ見せた方がよいと判断し、こちらへ来ました！」

「ほほぉ、シリウス殿の鷹は賢そうだ。どれ、いったん時間をあげなさい」

ざわついた場を父が静め、シリウスへ手紙を渡すよう命じた。

シリウスが、不安でも煽られたかのように急ぎ手紙を受け取った。こんな彼は初めてで、クリスティアナもザガスも、両隣から彼の手の中の封筒を覗き込んだ。

封筒には、確かに『至急！』と赤い字が書かれていた。

「まさか、何かあったの？」

「分からない。こんなことは初めてだ」

「シリウスさん、早く開けてみてください」

一瞬状況も忘れてシリウスが急ぎ開封し、ザガスが空になった封筒を受け取って、三人で一枚の便箋を覗き込み――。

「え……？」

予想外のささやかな文字量の文面を見て、三人の声が揃った。

そこには、短くメッセージが書かれていた。暗号みたいな言葉と――本来なら本文で書くべきだろう律儀な追伸として添えられていた。

【呪(のろ)いは解けた――王都で待ってる。

追伸　愛する兄さんへ　僕はこれから、好きになった女性に告白する予定です。会う時には、婚約者になっているといいなと思ってます　親愛なるあなたの弟、ルキウスより！】

彼ら双子の兄弟が、呪いと呼ぶもの。

つまりルキウスの獣化が解決したのだ。何がどうなってそうなったのか分からないが、彼はそのうえで、プロポーズする直前に急ぎこの手紙を出したのだ。

（……とすると、終わったんだわ）

長い、兄弟の戦いが終止符を迎えたのだ。

クリスティアナは、止めてしまっていた息を細く吐き出した。けれど、喉(のど)の強張(こわば)りはまだ解けなかった。

ずっとその背に負ってきた弟のことが、なくなった。

それは喜ばしいことだ。しかし、これまで弟のためだけに生きて、それだけが支えだったシリウスの身を彼女は心配した。

いきなりその目標がなくなってしまって大丈夫なのか――。

「良かった！　あいつ、いっちょ前に僕よりも先に仮婚約者ができたんだ！」

「きゃあぁぁあ!?」

その時、クリスティアナはシリウスに唐突に抱き上げられて驚いた。彼は喜びを露わに、彼女を高々と抱き上げくるりと一緒に回る。

（なんて、素敵な笑顔なんだろう）

こちらを抱き上げているシリウスの満面の笑みを直視して、クリスティアナはかぁっと耳まで赤くなった。

心から笑う彼が嬉しくて、愛おしすぎた。その魅力的な笑顔にもくらくらしているのに、家族や大勢の人の前で抱き上げられている状況も、猛烈に恥ずかしい。

「お、落ち着いてっ。まだプロポーズが成功したかどうかは分からな――」

「だめだ。嬉しくって、そして君が愛おしくってもう我慢できない。求婚してもいいか？」

「えぇ――っ⁉」

続いてさらりとそんなことを言われ、クリスティアナは大きな声を上げた。

ザガスが「放り投げるなよなー」と言いながら便箋を拾い上げる。けれど、その顔は締まりがなくて嬉しそうだった。

学者達も、シリウスの様子に毒気も抜かれたように互いの顔を見合わせている。

居合わせた人々、とくに両陛下達の微笑みは眩しかった。同席した姉兄達も喜んでいる。

「褒美の望みは、滞在の延長だ」

シリウスがクリスティアナを真っすぐ見つめ、玉座まで聞こえるよう声を響かせた。

「君が僕のプロポーズを受けて一緒に帰ってくれるまで、僕は帰らないことにした」

その大宣言を前に、クリスティアナは真っ赤になった。

返事を期待して会場からワッと歓声と声援が上がる。

こんな未来、予想していない。クリスティアナは突然の朗報と喜びで、揺れる心で彼を見つめ返した。

「ほ、本当にいいの？　お父様達ならその気になって、今日にでも結婚の約束まで取り付けられちゃうわよ？」

「それはとても光栄だ。早速だけど、キスをしても？」

「は……？」

ぽかんとしている間にも、彼がぐいっと顔を寄せてきた。周りからの「おぉ！」という期待の声を聞いて、クリスティアナはハッと反射的にシリウスの顔を手で押さえた。

「あ、あなたっ、もう色々と全然隠さなくなってない⁉」

「獣人族は恋に素直なんだ。僕も、本能のまま君を愛してみようかと思って」

「反省の色がないわねっ」

思わず叱り付けたら、彼がはかったかのように甘く微笑みかけてきた。

「じゃあ反省するから、婚約するという誓いのキスをさせて？」

声まで甘ったるくて嫌になる。

どこでそんな可愛い言い方を覚えたのか。とにかく彼は、何がなんでもキスをしたいらしい。

とろけるような〝おねだり〟をされたクリスティアナは、甘えられていると感じてキュンキュンしまくった。

その時、見ていた者達の中から、王国大学会のあの副長が威勢のいい声を上げた。

「クリスティアナ殿下、観念してキスしちまえよー」

「そうですよ。貢献した褒美でしょ？」

「恋人の働きに、キスのプレゼントっすよー！」

（あなた達、いつの間にシリウス派になったの!?）

クリスティアナは、キスコールが恥ずかしくて頭が沸騰しそうになった。けれど、ふと、そばにいるザガスから親しげにウインクを送られた。

『おめでと』

そんな彼らしい言葉が見えた気がした。

その瞬間、こんな時くらい素直になるべきだと思った。昨夜は二人の悲しい覚悟があったのに、早くも望んでいた未来が実現したのだ。

「あとで、獣人族の求婚痣も見せてくれる？」

「もちろん」

みんなからの祝福も嬉しくて、好きになった人を真っすぐ見つめ返して微笑んだら、シリウ

スも幸せそうな笑顔を返してくれた。

「好きだよ、クリスティアナ」

何もかも隠さなくなった人が、来た時には想像もつかなかった甘い笑みを浮かべ、柔らかな声で言ってくる。

彼の婚約者となって、未来の妻として彼と一緒に出国できる。

そんな未来のことを思ったら、クリスティアナはとても幸せで、我慢なんてできなくなった。

「私も大好きよ、シリウス！」

おおっぴらに想いを伝えて、彼の頭を抱き締めた。

抱き上げているシリウスが腕で抱き締め返してくれて、そして少し身を離し、二人の唇が自然に寄せられて重なった。

周りから、割れんばかりの歓声と祝福が飛び交った。

二人は幸福感に包まれ、もう離れないと言わんばかりに互いを抱き締め強く唇を押し付けた。

——昨夜、語っていた夢。

それが近いうちに現実になる日が、クリスティアナは今からとても楽しみだった。

了

あとがき

百門一新です。このたびは獣人シリーズ第7弾『白虎獣人兄の優雅な外交事情 末姫は嘘吐きな獣人外交官に指名されました』をお手に取っていただきまして、誠にありがとうございます！

こうしてまた一迅社文庫アイリス様のあとがきで皆様にお会いできたこと、とても嬉しく思います。

今回、光栄なことに、特別な物語を書かせていただけるご機会をいただきました。本作をお読みいただいて分かった方も多くいらっしゃると思いますが、こちらは『兄編』となっております。

獣人シリーズ、双子のヒーローを書かせていただきましたっ！

実は、兄編、弟編、二ヵ月連続刊行でございます。

上下のつもりで構成を立てさせていただきまして、双子の兄、双子の弟、どちらも読むと「あの時はこうなってこうなったのか！」や「片方にはないヒーローヒロインの表情が見られたり」と、執筆もとても楽しかったです！

来月発売の『弟編』では、謎も解け、そして、二つの物語の「最終章」もご用意しておりますので、ルキウス編も、ぜひお楽しみいただけましたら嬉しく思います！
（本編後のあのシリウスも見られますよっ！）

そして今回、二ヵ月刊行というスケジュールもございましたが、二冊を読むと「兄編」「弟編」で面白いという初めての仕掛けを「双子ヒーロー書きたい！」と担当編集者様に軽く提案したのち、シリウス編、かなり苦労いたしました。

弟編の初稿を進めつつ、改稿に改稿を重ねました。プロットからガツンと変わった部分あり、プロットにはなかったシーンを加筆したり設定の方を変えたり、かなり面白く仕上がったと思います！
（担当編集者様、本当にありがとうございました！）

一番改稿が大変だったのは書き下ろしでデビューした初めての作品「獣人隊長」くらいだろうと思っていたのですが、（獣人隊長は、初稿が二週間、改稿を十日から同じくらいの期間、何度も繰り返しました）双子獣人の兄編、弟編と重ねる部分も考えつつ、でしたのでかなり大変でした。

年末年始、とても頑張りました。物語を作るのが本当に好きで、頭を悩ませたり苦労するのもとても楽しいです。年明けまでの数ヵ月から獣人シリーズで特別な、この双子の物語を書けて本当に嬉しく思いました！

そんな双子の『兄編』である本作をお読みいただきまして、本当にありがとうございました！

二人の物語の終わりも執筆した来月刊行予定の弟編も、ぜひお楽しみいただけましたら幸いです。

獣人シリーズの第7弾でもイラストをご担当いただきました春が野かおる先生！本作でも素晴らしいイラストを本当にありがとうございました！　双子ヒーローのキャラデザを見せていただいた時の感動っ！　楽しみに待っていたピンナップのイラストも、担当編集者様と盛り上がっていた獣耳付き時代の可愛い双子ちゃんで感激でした！

担当編集者様、本作でも本当にお世話になりました！　二ヵ月刊行で特別な物語をご一緒させていただいてとても嬉しかったです！　原稿では、いつも以上にお世話になりました。双子話で萌えを語り合えたのも楽しかったです！

編集部の皆様、デザイナー様、校正様、出版者様、本作にたずさわってくださいました皆様本当にありがとうございました！

また弟編でお会いできましたら嬉しく思います。

２０２２年１月　百門一新

IRIS ICHIJINSHA

白虎獣人兄の優雅な外交事情
末姫は嘘吐きな獣人外交官に指名されました

2022年3月1日　初版発行

著　者■百門一新

発行者■野内雅宏

発行所■株式会社一迅社
〒160-0022
東京都新宿区新宿3-1-13
京王新宿追分ビル5F
電話03-5312-7432(編集)
電話03-5312-6150(販売)

発売元：株式会社講談社
(講談社・一迅社)

印刷所・製本■大日本印刷株式会社

DTP■株式会社三協美術

装　幀■小沼早苗(Gibbon)

ISBN978-4-7580-9439-9

この本を読んでのご意見
ご感想などをお寄せください。

おたよりの宛て先

〒160-0022
東京都新宿区新宿3-1-13
京王新宿追分ビル5F
株式会社一迅社　ノベル編集部
百門一新 先生・春が野かおる 先生

第11回 New-Generation

IRIS ICHIJINSHA

アイリス少女小説大賞

作品募集のお知らせ

一迅社文庫アイリスは、10代中心の少女に向けたエンターテインメント作品を募集します。ファンタジー、時代風小説、ミステリーなど、皆様からの新しい感性と意欲に溢れた作品をお待ちしております！

金賞 賞金100万円 ＋受賞作刊行

銀賞 賞金20万円 ＋受賞作刊行

銅賞 賞金5万円 ＋担当編集付き

応募資格 年齢・性別・プロアマ不問。作品は未発表のものに限ります。

選考 プロの作家と一迅社アイリス編集部が作品を審査します。

応募規定
●A4用紙タテ組の42字×34行の書式で、70枚以上115枚以内（400字詰原稿用紙換算で、250枚以上400枚以内）
●応募の際には原稿用紙のほか、必ず ①作品タイトル ②作品ジャンル（ファンタジー、時代風小説など） ③作品テーマ ④郵便番号・住所 ⑤氏名 ⑥ペンネーム ⑦電話番号 ⑧年齢 ⑨職業（学年） ⑩作歴（投稿歴・受賞歴） ⑪メールアドレス（所持している方に限り） ⑫あらすじ（800文字程度）を明記した別紙を同封してください。
※あらすじは、登場人物や作品の内容がネタバレも含めて最後までわかるように書いてください。
※作品タイトル、氏名、ペンネームには、必ずふりがなを付けてください。

権利他 金賞・銀賞作品は一迅社より刊行します。その作品の出版権・上映権・映像権などの諸権利はすべて一迅社に帰属し、出版に際しては当社規定の印税、または原稿使用料をお支払いします。

締め切り 2022年8月31日（当日消印有効）

原稿送付宛先 〒160-0022 東京都新宿区新宿3-1-13 京王新宿追分ビル5F
株式会社一迅社 ノベル編集部「第11回New-Generationアイリス少女小説大賞」係

※応募原稿は返却致しません。必要な原稿データは必ずご自身でバックアップ・コピーを取ってからご応募ください。※他社との二重応募は不可とします。※選考に関する問い合わせ・質問には一切応じかねます。※受賞作品については、小社発行物・媒体にて発表致します。※応募の際に頂いた名前や住所などの個人情報は、この募集に関する用途以外では使用致しません。